荷风细语
lotus in drizzle

一位文化使者的**悦读**与**思考**
Happy Reading & Reflections of
a Cultural Envoy

沼 荷 Zhao He 著

海豚出版社
DOLPHIN BOOKS
中国国际出版集团

谨以此书献给我的爱妻小川

驻土耳其大使姚匡乙（左三）和土耳其文艺部部长（左四）参观中国农民画展后合影留念

陪同韩国社会福利部部长（中）参观中国文化中心

读书与美容

沼萍

爱美之心人皆有之。现在人们的生活富裕了，在钱在闲所居的人增多了。人们花费时间、精力和金钱美化自己。各种化妆品应运而生，还去手术整容的。只要有钱、有闲，绝对可以让"该大的地方大，该小的地方小"。双眼皮、酒窝、高鼻梁、大眼睛等，都可以做。女士可以隆胸、丰乳、肥臀；男士可以做个鹰来伽下巴等。

上述美容都是外功，也倒无可厚非。但美容也有内功。看书学习、汲取知识、欣赏音乐和练习书法等，乃是内功。人的身高和相貌等，是先天的，是父母遗传的。这大体上是无法改变的。但个人修养、性格、爱好和言谈举止等，则是后天养成的。

有些人乍看上去，衣装翩翩，风流倜傥，但与之交谈，你会觉得他（她）头脑空空、目光短浅、枯燥乏味；有些女士乍看上去，貌合

目录

序　　　　　　　　　　　　　　　　　　Ⅰ
自序：我的文化交流生涯　　　　　　　　Ⅲ

第一章　文人印象　　　　　　　　　001
王蒙的宽厚与睿智　　　　　　　　　　003
孙家正同志的文化交流艺术　　　　　　005
姚匡乙大使的才学和情商　　　　　　　012
以色列总理佩雷斯的幽默感　　　　　　016
同南非文艺部长乔丹谈文学　　　　　　019
南非的"时代不幸文人幸"　　　　　　021
新西兰汉学家邓肯的往事　　　　　　　024
中以人民的友好使者　　　　　　　　　027
以色列中国画画家莫巧　　　　　　　　031
怀念以色列友人爱丽丝　　　　　　　　034
以芭团访华的背后故事　　　　　　　　036
恢宏大气的都本基书画艺术　　　　　　039
曹勇：用油画讲述中国故事的人　　　　044
徐冰：打通中外文化隔墙的人　　　　　048

Ⅰ

王伟中：艺术净土的守护者　　052
韩素音：心系中国的世界知名作家　　057
大侠萧逸的内心世界　　060

第二章　泥爪飞鸿　　063
文旅融合与诗和远方　　065
新天鹅城堡的前世今生　　068
柏林墙脚下的沉思　　070
凡尔赛宫内的思考　　072
漫话德国人的民族性　　075
曼妙温婉的威尼斯　　078
"有仙则名"的圣十字教堂　　080
琉森湖畔的邂逅　　082
塞纳河畔随想　　084
"裸而不淫"的卢浮宫艺术　　086
孤寂的梵高博物馆　　088
德鲁兹人的婚礼仪式　　090
贝都因人的习俗　　094
独具魅力的韩国江陵端午祭　　096
土耳其的咖啡记忆　　099

第三章　芸香小缀　　101
读王蒙的《诗酒趁年华》　　103
读钱理群的《风雨故人来》　　106
读余秋雨的《泥步修行》　　109
读余秋雨的《门孔》　　112
读《冯骥才散文》　　114
读冯骥才的《艺术家们》　　117

读铁凝的《以蓄满泪水的双眼为耳》	121
读柳鸣九的《名士风流》	124
读许渊冲的《山阴道上》	127
读黄永玉及其《无愁河的浪荡汉子》	130
品读陈从周的散文	132
读曹靖华的《花》	135
读刘白羽的《红玛瑙集》	137
读李瑛的《红柳集》	139
读叶周的《文脉传承的践行者》	141
读范中汇的《黄镇传》	143
中国的"游吟诗人"	146
读《海子的诗》	148
阅读《萧红选集》随想	151
读作家冰人	155
读《培根随笔》	160
读团伊玖磨的《烟斗随笔》	163
读斯温的《哈珀文明史》	165
读斯特恩斯的《世界文明·全球体验》	168
读阿德勒的《世界文明史》	171
读约翰·黑尔的《文艺复兴时期的欧洲文明》	174
读伊格尔顿的《论文化》及其他	176
读勃兰兑斯的《尼采》	179
读鲁思的《菊与刀》	182
谈黑格尔的逻辑	184
读雅克·巴尔赞的《从黎明到衰落》	186
读彼得·沃森的《思想与发明史——从火到弗洛伊德》	190

第四章　文化物语　　　195

谈深义文化　　　197
破解文化交流密码　　　199
谈谈外交官的演讲问题　　　204
文化自信及其他　　　209
谈"悦读经典"　　　212
阅读与悦读　　　214
谈傲慢　　　216
学外语　　　219
"此曲只应跪下听"　　　221
谈"六艺"和"七艺"　　　223
谈"软实力"和"硬实力"之关系　　　226
谈"文艺复兴人"与"跨学科人才"　　　229
谈"天才"与"疯子"　　　232
谈东西方文化里的鸟　　　235

第五章　文心微语　　　241

少年时分遇恩师　　　243
独特的生日礼物　　　246
我的红皮护照　　　248
我收到的名片　　　251
过一过父亲节　　　253
奉行慎独，保持晚节　　　256
甘于寂寞，驻有所得　　　258
我的淘书趣　　　260
家乡的河　　　263

跋　　　266

IV

序

沼荷，本名车兆和，是一位富有激情的文化使者。他中英文转换交替的演说，感染着亚、非、美洲族裔的人们。他穿梭于多族裔的文化交流中，以开放包容的心态面对丰富而又变化莫测的世界，却不失自信和淡定。他在传递中华文化价值的同时，吸纳丰富无限的世界所闪现的每一点最新信息。这部《荷风细语》将他的心路历程记录下来，是一个文化使者的思想结晶。读者能在阅读中感受与一颗真诚心灵的互动。

作者自述道："大学毕业后，我有幸加入外交行列。在这个领域，我心无旁骛，一干就是三十多年。虽未曾干出经天纬地之大业，但我努力了、奋斗了，并无遗憾。……我曾在马尼拉湾乘船游览，在波托马克河边垂钓，在约旦河畔沉思，在尼罗河上荡舟，在密西西比河桥上过夜，也曾在赞比西河上览胜。当然，我也游览过阿尔卑斯山、奥林匹斯山、落基山、富士山，还观赏过乞力马扎罗山上的雪。"作者的概述为我清晰地勾勒出一条路径，如果把这条路径放在世界地图中来看，即刻可以感受到颇为壮观的画面感。沼荷在各种文化氛围和国度中行走，身上肩负着文化使者的责任和使命。作为一个文明古国的文化使者，不仅要面对扑面而来的异国文化冲击，还要满怀文化自信，那样才能包容并蓄，

I

不迷失自己，并展开交流。文集中的《文化自信及其他》重点谈到了文化自信的问题，从四个层次分析了什么是文化自信。作者强调：虚怀若谷、开放包容、开拓创新、从容自若。这四个要点是作者自己的躬行实践，所以就有了充分的说服力。并且辅之以生动的人物为榜样："我们常常会遇到一些有定力的人。他们不为世俗和流行的时尚所动。一件旧中山装，可以身穿多年，如季羡林；一套旧家具，可以用上几十年，如钱钟书；一双旧拖鞋穿了多年，如毛润之先生等。可他们却定力十足，自信十足。"作者在一篇文章中分析了他所涉猎的各大文明的历史，指出了各种文明的优势和软肋。虽然都是点到为止，却是一针见血，站在平视的位置直抒己见，既主观却不失客观的分寸。作者的行文中兼具开放与包容时所需的自信与淡定，文化人的这两种性格似乎是时尚的稀缺，所以特别值得珍惜。

在"芸香小缀"一栏的文章中，可以看到作者广泛的阅读，这是一个文化使者必需的知识储备。特别是一组世界文明史和西方哲人著作的读书札记，虽然简短却也都提纲挈领，不仅让我感受到作者阅读的广泛，也如同和作者相对而坐，品茗畅谈时听他侃侃而谈。沼荷热情直率，他有过那么多年作为文化使者的阅历，他的聊天中夹杂着更多的真材实料。如今形成文字，可以给读者以视野的开拓，甚至是茅塞顿开的快意。已经好多年没有和沼荷见面了，这次读到他一篇篇随笔，仿如又一次聚会品茗。不同的是这是一次信息量更加丰富的畅谈，依然可以感受到文字中的温度。感谢沼荷呈现给我和读者的宽阔文化视野。

叶　周
美国洛杉矶华文作家协会荣誉主席

自序：我的文化交流生涯[1]

我们生活在一个伟大的时代，我是这个"大时代"中的"小人物"。我想从一个小人物的视角，来谈一谈我的文化外交生涯。

我出生在东北农村，是个"乡下人"。小学和中学都是在农村度过的。正当全国"知识青年"上山下乡之际，我所在的"七〇届"初中毕业生，正好赶上了"四个面向"，即面向农村、面向工厂、面向部队、面向学校。我有幸面向了学校，于1971年升入长春外国语学校学习英语，1974年中专毕业后就留在长春市教书。我于1978年参加高考，考进北京外国语学院英语系（现北京外国语大学英语学院）。1982年从北外毕业后，即分配到文化部对外文化联络局工作。1984年被派到中国驻菲律宾使馆工作，从此开始了我漫长而有意义的文化外交生涯。我于2015年9月，从中国驻美国洛杉矶总领事馆任满回国并退休。

三十多年间，我曾经在中国驻菲律宾、美国（华盛顿）、以色列、土耳其、南非、韩国和美国（洛杉矶）等6个国家的7个使（领）馆工作。当过文化随员、三秘、二秘、一秘（文化专员）、

---

[1] 此文根据笔者2016年在天津市图书馆的演讲稿整理而成。

参赞（正局级）。这些年间，虽没做过轰轰烈烈的"大事"，但踏踏实实地做了一个文化使者应该做的"小事"。

我从一个普通的农家子弟，成为祖国的文化使者，我内心深处充满感激之情和感恩之心：我要感谢我的亲友和师长，感谢我们的党和国家，感谢我们的社会和这个伟大的时代。

回顾这三十多年的文化外交生涯，可以说是酸甜苦辣咸，五味杂陈啊！但总体上说，是甜美大于酸楚、愉悦大于苦闷。综合说来，我主要有以下五点体会和感受。

第一，要把"个人小梦"和"国家大梦"统一起来，在实现"国家大梦"，即"中国梦"的过程中实现"个人小梦"。

每个人都有自己的"梦"，每个民族、每个国家，也都有各自的"梦"。美国黑人马丁·路德·金有他的"梦"，即黑人不再受歧视、黑人与白人平等；南非黑人领袖纳尔逊·曼德拉有他的"梦"，即争取黑人自由、解放平等、当家做主。美国人有"美国梦"，中国人有"中国梦"。

"梦"，就是理想与追求。所有的梦都追求幸福与美好。每个人都有各自的"小梦"。拿破仑说，"不想当军官的士兵，不是好士兵"。同样，我们也可以说，"不想当大使的外交官，不是好外交官"。但说实话，我当初做外交官时，就没想到要当大使，因为按照中国惯例，大使通常是由外交部人员担任的。我来自文化部，当大使很难，几乎不可能。但，这丝毫不影响我个人的"小梦"，那就是：做最好的自己，做一名优秀的文化外交官。

如何做一名优秀的外交官？那就是按照对外交官的要求，做好自己的本职工作，要创造性地开展工作。要使自己不断进步，就要加强学习，不间断地学习。

学校，是学习知识的地方。但是，学校，尤其是大学，更主要的是教会我们学习的方法。如果念完大学就此止步，即便你是"学霸"，也不会有大作为的；相反，你若对人生有所设计、有所追求，即便没有上过大学，也会有所作为的。大学毕业，绝不是学习的结束，而是新的学习生活的开始。我给自己定下一个目标，要做一名既懂文化，又懂外交，同时又长于对外交际与管理的"文化外交官"。要做这个行业中"最好的"，尽管我可能永远不会是最好的，但我要有这个追求。这就要求外交官加强学习，不断提高。既要学习本国文化，又要了解驻在国文化。

我曾在以色列常驻三年，是文化部派驻以色列的第一位文化外交官。记得当初文化部领导找我谈话，决定让我出任驻以色列一秘时，我二话没说就接受了任务。然后直接到王府井新华书店、商务印书馆和三联书店买书。把见到的几乎所有有关以色列历史、文化和宗教方面的书都买了；次日就设法和以色列驻华使馆联系，请其提供有关以色列的介绍材料。以色列使馆很配合，给我提供了不少材料。我对以色列知识进行"恶补"。俗话说："临阵磨枪，不快也光。"在以色列工作期间，我更是加强对以色列的学习研究，撰写了不少调研报告，有的上报给文化部，有的直接投稿给相关报纸杂志。我还研读以色列文学，翻译出版了以色列抒情诗人拉亥尔诗歌选《似花还似非花》等。

耶路撒冷是世界三大宗教（犹太教、基督教、伊斯兰教）圣地。为了更好地工作，我曾经认真学习以色列历史，还研读了中英文版《圣经》。《圣经》不单单是一部宗教书，更是一部文明史、文化史、思想史、民俗史、人口统计史等。它是解读西方文化的一把"金钥匙"。《圣经》是西方（基督教）文化的一个源头。阅读《圣经》，对我从事中外文化交流工作确实大有帮助。

在一个国家工作，就必须了解它的文化和国情。这样才能更好地为国家外交大局服务，为国内的经济建设和文化建设服务。

第二，要把个人"爱好"和所从事的"专业"统一起来。

一个人，如果能够把自己的个人爱好和从事的专业结合起来，这是很幸福的事。坦率地说，我基本上做到了。

我在大学是学习英美文学的。我从小就喜爱文学，憧憬将来当个作家或诗人。上大学后也一直喜欢阅读文学作品。大学毕业时自己一心想搞"比较文学"研究。但命运之神却让我做了文化外交官。这与我最初的爱好和理想是有一定差距的。

怎么办？印度诗人泰戈尔说过："你不能选择最好的，是最好的选择你。"这句富有哲理的名言，对我启发很大。既然我不能选择"最好的"，那就让"最好的"——文化外交，选择我吧！

我这人有个特点：一旦决定要做的事情，就要力争做好、做到底，绝不半途而废；绝不站在这山望着那山高，也不愿意在工作上换来换去的。我不一定是业内"最好的"，但我要争取"做最好的自己。"

我认为，干什么工作都离不开文学。文学可以启迪心灵，可以开发心智，可以提高情商，也可以发挥人的想象力。文化外交尤其需要文学。文学对我所从事的外交事业有很大帮助。文学丰富了我的业余文化生活，帮助我度过了寂寞与孤独的海外生活，也帮助我交友，提高了我的交友层次。

第三，要把"配偶"和"爱人"统一起来。

这话听起来，似乎有点儿调侃，但确实是我的心里话。我在回国的述职报告中，也谈到了这一点。中国人往往是"配偶"和

"爱人"两个词语含义混淆。在西方，这是有本质区别的两个概念。"配偶"是指妻子或丈夫，而"爱人"则指配偶之外的男女朋友。你可以把"配偶"当作"爱人"，但万万不要把"爱人"当作"配偶"。否则，就会犯错误。其实，很多贪腐分子就是在金钱和两性关系上出了问题。常年在国外工作，远离故土和亲人，接触各种各样的人物，稍有不慎，就会在这方面犯错误。一旦陷进去就难以自拔。

记得小时候，母亲曾嘱咐我说："兆和啊，记住妈的话：长大后在外面干工作，一不要贪污，二不要腐化。这会确保你立于不败之地。""腐化"一词，在我们老家意思是"乱搞男女关系"。不知何故，这两句话深深地镌刻在我脑海里。长大后，耳边时常响起妈妈的话，"一不要贪污，二不要腐化"。

工作后，和家人聚少离多，妻子也长期不在身边。在心理和生理上肯定有孤独、寂寞、苦闷的时候。怎么办？我就把注意力放在工作和学习上，放在读书与写作上。一到周末，我就跑旧书摊，搜集自己喜欢的书。回到宿舍，泡上一杯浓茶，放着音乐，读书，写作，或者翻译，惬意得很。尤其是当你看到自己的文章在报纸杂志上发表时，你会感到由衷的高兴。

吴冠中先生说："法国谚语将爱情比作火，把别离比作风：风吹灭微弱的火，吹旺强劲的焰。"

这一点，我和妻子确有自身的体会：我们彼此分别得越久，就越发相互惦记，就越要把自己的工作做好、做出成绩来。

我们如今已经结婚三十多年，彼此还是相亲相爱。我经常半开玩笑地向外国朋友介绍说："这是我的妻子兼爱人。"

我这里有两首诗，描述我们夫妻的生活与情感。从艺术和技巧上看，算不上好诗，但却反映了我的真实感受——

结婚十五周年抒怀

春秋十五路茫茫，

甘苦人生共品尝。

相亲无需朝朝见，

相爱未必暮暮望。

爱情之花开一朵，

事业之果收两筐。

花果缘何同占有，

燕山蜀水好后方。

致爱妻

你不是春蚕，

为何不断地吐丝？

你亦非红烛，

缘何眼角湿湿？

在微微的晨曦中，

在脉脉的余辉里，

你一分一秒、

一点一滴，

耗尽自己……

第四，奉行"慎独"。

外交官常年在外，远离故土、远离亲人，实属不易。有词为证（作于 2005 年 5 月 4 日）。

永遇乐

仲秋时节，草黄鹦啼。人在何处，天涯孤旅。夜听虫鸣，惆怅有谁知？五一佳节[1]，倏然而至，相伴潇潇风雨。霓虹现，登山观景，邀我同事邻居。

外交工作，苦乐同具，真的几人知許？忠孝两全，痴人呓语，酸楚自家知。纵横捭阖、觥筹交错，孰能天天如此？为的是、社稷强盛，傲然耸立。

寂寞、孤独、苦闷可想而知。但要保持健康心态、使自己不犯错误，这点非常重要。

《礼记·中庸》里有句话说得好："君子，慎其独也。"我认为，"慎独"对一个人尤为重要，不管你做什么工作。鲁迅先生说："人的言行，在白天和在黑夜，在日下和在灯前，往往显得两样。"鲁迅对人性的挖掘和批判是深刻的。他希望人能够言行一致、表里如一。但是，人的行为在白天和黑夜，在日下和灯下，在明处和暗处，能够完全一样，任何人都难以做到。有区别，但不能太离谱，不能白天是人，夜里是鬼；白天正人君子、冠冕堂皇，夜里蝇营狗苟、男盗女娼。从近年来"反腐倡廉"中挖掘出来的贪腐例子来看，这些人就是不能慎独，就是禁不起金钱、美女（帅哥）和权力的诱惑，一失足成千古恨。我一直认为：人在干，天在看！

在国外工作更要"慎独"。20世纪90年代初，我在美国华盛顿工作期间，外出到南卡罗来纳州参加一个多元文化活动。汽车开到离华盛顿一个半小时的路上抛锚了。而抛锚地点是前不着村后不着店的。可是，过了五分钟左右，就听到警笛声，两辆警车迅速赶到。前后各一辆警车，把我的汽车保护起来。然后警察走

---

[1] 南非的5月份为秋季。

上前，客气地问我是否需要帮忙。他们帮助我上好备用轮胎，并指点我前方数公里处有修车铺。为什么如此之快？其实，我们都在情报部门的监控之下。

第五，要常怀赤子之心，对工作要充满激情，永葆青春活力。

外交部非洲司前司长、原驻南非大使刘贵今素有"拼命三郎"之称。我有幸在其手下工作过。他曾多次说过："一个人对工作要有激情，激情是航船的帆。"他还说，在非洲工作要发扬"三皮精神"，即要"硬着头皮、厚着脸皮、磨破嘴皮"来工作，后来我对此有所发展，增加了"踏破脚皮"，成了"四皮精神"。

刘贵今大使对外交工作有一颗炽热的心和火热的情，他把自己的全部精力都贡献在外交工作上了。他是一位非常杰出的大使。我努力向他学习，对文化外交始终保持一种激情。激情来源于理想和明确的目标，激情来源于对事业的理解与热爱。

孟子说："大人者，不失其赤子之心者也。"我曾经在洛杉矶的一次艺术展会上说，"艺术家要有几分童心、几分痴迷、几分执着和几分傻气"。其实，做任何工作都是如此，都要有这种精神。我们不单是用身体工作，更要用脑筋、用心灵去工作，做到体、脑、心三者的完美统一。只有这样，才能创造性地开展工作。

几十年的外交生涯，我经历了诸多考验：出国留学的吸引、移居国外的诱惑和下海经商的蛊惑等，还有许多难以名状的历练和考验。然而，我却依然如故，始终坚守"文化交流"这块阵地，直至退休。

如今，"文化交流"一词已成为我心中最为圣洁的字眼，文化交流已成为我心中最为崇高的事业。我曾不止一次地说过——

"假如还有来生，我仍要选择文化交流事业。"

第一章
文人印象

外交工作是一门艺术——外交艺术。高超的外交艺术，须建立在对中国外交方针政策的理解与把握上和对中外国情的了解与驾驭上。

——沼荷——

王蒙的宽厚与睿智

作家王蒙是宽厚的,这可能与其特殊的生活环境和人生历练有关;王蒙又是睿智的,这或许受其读书学习的影响,也可能与其遗传基因有关。其宽厚可学,睿智难习。因工作缘故,我有幸几次随从他出国访问,亲历其访问的全过程,目睹了其为人处世,聆听过他在旅途中讲的故事和笑话。我在部机关和驻外使(领)馆工作期间,曾经多次陪同领导出国访问,但陪同王蒙出访是我感觉最轻松、最愉快,也是最放得开的时候。

说王蒙宽厚和睿智是有根据的,例子多多。谨举一例为证。

2006年,文化部派王蒙赴越南,出席一个中国文化活动的开幕式并顺访越南。局里派我随从,为老部长服务。王蒙是原文化部部长,全国政协常委,又是世界著名作家,其出访的意义远远超出此次文化活动本身。当越南政府得知王蒙访越时,他们做了周到的安排。

在越南作家协会举行的欢迎会上,许多作家发言。有的回顾越中友好关系,有的畅谈阅读王蒙作品后的感受。越南作家对越中友谊和王蒙的文学作品,不乏赞誉之辞。在越南作家协会的欢迎会之后，还有个小型签字仪式。这是越南一家出版社和王蒙先生，就前者翻译并出版后者文学作品的"合同书"的签字仪式。按照合同，作者王蒙授权该出版社翻译出版其某部文学作品，出版社将向王蒙支付1个越南盾的版权费（1越南盾=0.0003元人民币）。

签字仪式后，观众都热烈鼓掌。我看王蒙也很高兴，乐呵呵的，一副心满意足、憨态可掬的样子。这1越南盾的版权费，是直接交给了王蒙，还是交给王蒙的秘书，或者是打进王先生的银行账户，就不得而知了。

过后我和王先生谈起这个"合同"和1越南盾的版权费问题。我不无调侃地说："1个越南盾的版权费，是好大的一笔收入啊！"

见我调侃，他嘿嘿一笑说："那您说该怎么办？他们都翻译了，已是既成的事实。咱们也不好动用法律追讨版权费；再说了，人家翻译你的作品也是出于好意嘛！"

"嗯，有道理。"我附和着说道，"这样做既给足了越南出版社面子，也在一定意义上让越方尊重著作者的版权……"

可事后，这事儿一直萦绕在我的脑海里。我心想：这事儿如果发生在我尊敬的另一位文化大师李敖身上，会是什么结果呢？他会怎样动用法律来捍卫作家的权益呢？窃以为，王蒙和越方补签"合同"，收1越南盾版权费的做法是对的；李敖大师若动用法律来捍卫作家的权利，也是无懈可击的。

从这件小事上，我们不难看出王蒙先生的宽厚与睿智。不知读者诸君作何感想？

2018/11/27

孙家正同志的文化交流艺术

各行各业都有其独特的运作规律。政治工作有政治工作的规律，经济工作有经济工作的规律，文化交流有文化交流的规律。这里所说的"规律"，用老子的话说就是"道"，用林语堂先生的话说就是"艺术"。

那么，对外文化交流工作又有哪些规律，有哪些"艺术"呢？这是我们从事对外文化交流和对外文化宣传工作的同志经常思考和探索的问题。孙家正同志在其《文化境界——与中外友人对谈录》和《追求与梦想》两书中都有独到的见解。他不但阐述了什么是文化和文化交流，还阐述了对外文化交流工作的"艺术"及其内在规律。这对于从事对外文化交流和文化外宣工作的同志是大有帮助和裨益的。

"文化是一定历史、一定地域、一定人类种群的生存状态和愿望的反映，反过来又对人的生存和发展起着能动的作用。从这个意义上说，文化即人[1]。"家正同志如是说。人是世界上最复杂、最不可思议的高级动物。按照家正同志"文化即人"

1　详见《艺术的真谛》，孙家正著，人民文学出版社，2014年1月第1版，第97页。

的说法，我们可否这样理解：文化应该，实际上也是，世界上最复杂、最包罗万象、最令人难以琢磨的"学科"。无怪乎文化学者给文化下的定义就有数百条。这在各学科中恐怕是绝无仅有的。

"文化交流在实质上就是人与人心灵的沟通[1]。"这是家正同志给文化交流下的定义。"讲到交流……归根到底是人心的交流，人与人之间心灵的沟通。"我们若搞清楚人与人交流、人与人心灵沟通的"道"和"艺术"，也就掌握文化交流的基本规律了。

在《文化境界——与中外友人对谈录》一书中，家正同志有意无意间，为我们对外文化交流工作者指出了从事文化交流的内在规律和应该遵循的基本准则。

首先，要承认人与人的差异，要学会欣赏差异。这一点，家正同志在《文化境界——与中外友人对谈录》和《追求与梦想》中都有反复强调。例如，2004年10月26日，在会见安第斯议会副议长埃勒时，家正同志指出，"人和人之间都是有很多差异的，但是我们要学会欣赏这些差异，欣赏世界的丰富多彩"。的确，人和人之间是千差万别的。不仅不同民族之间有差异，就是同一个民族的人之间也有差异。这如同植物园中的花草树木一样。如果植物园中只有一种植物，花园里只有一种花卉，人类只有一种文化或一种文化模式，这个植物园、花园和人类，该有多么单调乏味！恐怕还不只是单调和乏味的问题。如果人类只有一种文化，文化失去活力，就会走向没落与衰亡。唯其有不同文化与不同文

---

[1] 详见《文化境界——与中外友人对谈录》，孙家正著，文汇出版社，2006年8月第1版，第75页。

明间的交流与碰撞，人类才能够相互学习，取长补短，不断进步。正因为有差异，世界文化才能够绵延不断、生生不息。2005年10月，家正同志在美国国家记者俱乐部演讲时说："登高望远是中国人的思维方式，注重细节是美国人的务实精神[1]。"中国人和美国人是有差异的，不仅有身体上的差异，更有思维差异和文化差异。唯有承认差异、欣赏差异、学习对方优良的一面，人类才能进步，人类社会才能向前发展。

其次，对外文化交流以"真诚"为上，尤其对待朋友。"所谓文化交流，从本质上讲，就是敞开心扉给人看，让对方看到自己一颗真诚的心[2]。"家正同志在与美国前国务卿基辛格博士的谈话中是这样表述的。

"人与人之间要真诚，要互相帮助，互相爱护，这都是人类共同的地方。所以文化交流核心之处就是促进人与人之间的相互了解[3]。"家正同志在会见西班牙文化大臣卡斯蒂略时如是说。其实，我们每个人都有自己做人的准则，尽管有些人并不一定意识到这一点。有些人能说会道、华而不实，有些人老谋深算、工于心计，有些人心地宽阔、坦诚待人，有些人笃厚老实、讷于言而敏于行，等等。能说会道、华而不实、老谋深算、工于心计者，只能得意于一时，但不能得意于一世。做人的原则也就是我们开展对外文化交流的基本原则。在对外交往中，尤其在对外交友中，坦诚尤为重要。只有以心才能换心，以"诚"才能换"诚"。特

---

1 详见《当代中国文化的追求与梦想》，孙家正著，外文出版社，2007年第1版，第36页。
2 详见《文化境界——与中外友人对谈录》，孙家正著，文汇出版社，2006年8月第1版，第5页。
3 出处同上，第47页。

别是在向国外人士介绍中国的情况，阐释中国对内对外的大政方针时，这种真诚便生发出情理交融的感染力和说服力。这样才能达到文化交流的目的。

再次，对外文化交流要平等待人，不卑不亢。在对外文化交流中，在同外国人的交往中，我们要平等相待，不卑不亢。我们绝不要因为交流对象来自某些大国而对其"尊敬有加"，乃至唯唯诺诺，失去自我，更不要因为交流对象来自某些小国或穷国，而自己便目空一切、妄自尊大。在与西方人打交道中，自信、坦率、真诚是十分重要的。当然，自信是建立在对知识的掌握、对彼此情况的了解之上的，坦诚是建立在对方的友好、没有敌意基础上的。如果对方怀有恶意或敌意，您光靠坦诚是不够的。对待少数怀有敌意者的挑衅，家正同志曾义正词严地指出："偏见比无知离真理更远！"并对对方的挑衅、刁钻古怪的问题，抓住其破绽和要害，予以反击。而对于一般不友好的发问则晓以利害，同时掌握分寸，点到为止，不置对方于死地。在这方面，家正同志的做法颇为值得学习和借鉴。2005年10月，家正同志在美国肯尼迪表演艺术中心会见记者时，有位记者抱怨说中国媒体缺乏自由，跟中国媒体打交道比较麻烦。家正同志听出了该记者的话外之音，觉得"来者不善"，于是便反唇相讥说："要讲麻烦，美国媒体带给中国的麻烦太多了。你们讲到中国'问题'时，讲得一无是处，一塌糊涂；而中国有了发展，你们就推波助澜，渲染中国威胁论。"说得那位记者一时语塞。对待那些"来者不善"的人，这是一种有效的做法，这样才能使对方服气。说不准这位记者日后还会成为家正同志的好朋友呢。

当然，对待那些友好的小国和穷国的朋友，我们更要谦虚谨慎、平等相待，要尊重对方，照顾对方的关切。在2005年5月9日会见萨摩亚文化体育部长菲娅梅时，家正同志说："国家有大小，也有发达的和发展中的等区别，但文化上大家都是平等的，都是世界文化百花园中的一朵花。"这使菲娅梅部长深为感动，她说："您刚才把各国文化比喻为世界文化百花园中的花朵，我对此非常欣赏，也许我们的文化只是其中的一朵很小的花，但在我们两国关系当中，中国从来没有因为我们是一个小国而不平等地对待我们。中国对待我们的平等态度让我们非常感激，我们也非常欣赏中国这样平等对待其他国家的态度[1]。"这是一次亲切的会见，谈话进行得轻松愉快。

最后，不忘友情，不忘亲情。文化即人，文化交流即人与人心灵的沟通。既然如此，文化交流就要遵循人类共同的价值观和做人的基本准则。不忘友情，不忘亲情，是人类共同的基本准则。在对外文化交流和日常生活中，家正同志处处体现出这一点。在会见日中文化交流协会代表团时，他向会长辻井乔表示，"在日本有一批几十年如一日从事日中友好事业的朋友。这些人是中国人民真正的朋友。对日本来说，他们是真正的爱国者"。继而他动情地回忆起该协会前会长井上靖和团伊玖磨先生等为日中友好所做出的贡献。这是对日中文化交流协会的不为鼓励的鼓励，但这种鼓励比数千句直白的鼓励话语要有力得多，作用也要大得多。这使我想起在同事中流传的关于家正同志重友情的佳话。

---

[1] 详见《文化境界——与中外友人对谈录》，孙家正著，文汇出版社，2006年8月第1版，第91页。

在当上部长后,他依然如故,每年回老家时都要去拜访他的恩师,多年如一日。还听同事们说,他与当年在基层工作的农民朋友一直保持着友谊,农民朋友也曾到部里来看望过他。说到亲情,我们不难从家正同志写给母亲的诗句中看出:

我是你/放飞的风筝/有一根丝线紧紧相连/你视我/如阳光一缕/融化你冰结的忧伤与艰辛/……/你是我/爱的港湾/在风雨剥蚀中守护童心/我用汗水/浇灌干涸的荒漠/想给你满地鲜花、晨露晶莹[1]

一位久经沧桑、曾经"体验五味杂陈人生"的部长,竟然能写出如此童真明净、一尘不染的对母亲眷恋的诗句,实在难能可贵!当然,诗中的"母亲"不仅指生母,还有"祖国母亲"的含义。诗是心灵的写照,是感情的自然流露。这首诗是"写"出来的,不是"作"出来的。如果没有真情实感,诗是"作"不出来的。正是由于家正同志重友情、重亲情,他才能够结交众多的国内外的各阶层的朋友,才能使他在对外文化交流中得心应手、游刃有余。

文章写到这里,我有些犹豫,有些踌躇了。这些看上去很平常、琐碎的东西,难道就是一位共和国文化部部长的对外文化交流的"艺术"吗?这样写是否会把部长给简单化、平民化,乃至庸俗化了?我耳边突然响起老子的一句话:"大道无术。"对于那些掌握"大道"的人来说,是不需要什么"术"的,不需要装腔作势,大谈特谈什么"艺术",什么"道"的。如果真的有"道"和"术"的话,也是在其平时的言谈话语中,在其平日的生活中。

---

[1] 详见《追求与梦想》,孙家正著,文化艺术出版社,2007年2月第1版,扉页。

套用巴金老关于写作的一句名言，"最高的技巧是无技巧"。我们可否说：家正同志对外文化交流之"道"和对外文化交流之"艺术"，就是他的无"道"、无"术"呢？

2006/10

姚匡乙大使的才学和情商

我和姚匡乙大使相处时间不长，仅有两年。但这是我文化外交生涯中极其愉快，且收获很大的两年。

在三十余年的外交生涯中，我先后在12位大使（总领事）领导下的使（领）馆工作过。有些大使早已从脑海中淡出，而有些人离别得越久，印象却越发清晰。我国前驻土耳其大使姚匡乙，便是一位使人难以忘怀的人物。

1998年4月，我由以色列转赴驻土耳其使馆担任文化参赞。赴任前，我驻以色列使馆首席馆员陈来元和政务参赞吴海龙，先后找我谈话，祝贺我晋升。他们都谈了什么，已记不太清了，但两人不约而同地谈到一点：姚匡乙是一位杰出的大使，被誉为"外交部的一支笔"，要好好向他学习，尤其要学习他如何做调研工作。

我和姚大使相处仅有两年时间。但观察一个人，两年时间足以了。在我的眼里，姚匡乙大使——

第一，他是一位学者型大使。我国早年学习土耳其语的人不多，土语界人士大都了解他。据其一位同学告诉我，姚匡乙在大学时代就饱读诗书，学校图书馆的土语名著他几乎读个遍。他虽然不像钱钟书那样"读遍图书馆藏书",但可以肯定他是"土语界读书最多的"一位。他不属于那种只管埋头读书,莫问窗外大事的学生。他不仅学习好,对时局和政治也有敏锐的观察力,且有独到见解。

我虽未与姚大使同窗,亦未聆听过其年轻时期的真知灼见,但在土耳其使馆工作期间却听过其对时局,尤其对西亚北非地区,乃至世界形势的分析和点评。

在使馆工作,每周都有一次由各部门负责人参加的例会,汇报各自负责的工作。会议规模虽小,但却能反映出发言者的水平。大家汇报完毕,姚大使总是用最精练的语言做适当点评,然后便对一周或一个月来驻在国和地区形势发表看法。他善于用简洁而准确的语言,将纷繁复杂的中东形势梳理得有条有理。他希望我们对整个亚洲地区和全球有个总体看法,这样我们才能更好地做好驻在国的工作。我发现,若能够将其发言整理出来,那就是一篇很好的时事论文。一位外交部的朋友后来告诉我,我国对西亚北非地区方针政策的制定和表述,多出自其手。听他讲述国际形势,有如醍醐灌顶、豁然开朗。

第二,他是一位外向型大使。我刚到土耳其时,姚大使经常带我出席一些外交活动,他想多给我介绍一些朋友,让我尽快了解情况,打开工作局面。我惊奇地发现,凡有姚大使出现的场合,其身边总是围着一群人。他也总是热情地和大家问候、打招呼。有些小国大使往往为能与姚大使谈上几句话而感到高兴。而且,姚大使的土耳其语极好,他谈笑风生,潇洒自如。我为中国有这样的优秀大使感到骄傲和自豪。

第三,他是一位开拓型大使。土耳其是我工作过的第四个国家。有比较才有鉴别，各个使馆肯定有相同的工作，或曰"规定动作"，这是必须做的。但也有些"自选动作"，即那些根据各国国情开展的工作。而往往是通过这些"自选动作"，才能看出一馆工作的优劣、大使水平的高低。我在土耳其工作期间，曾经参与接待过几位国家领导人。有一次，我国某位国家领导人携夫人访问土耳其。国内要求安排该领导人夫人的活动要有实质性内容。姚大使在两天内就策划了一个"中土妇女论坛"。论坛由大使夫人冯雅香主持，大使夫人先做开场白，然后由那位国家领导人的夫人做主旨演讲；邀请土耳其妇女界上层人士出席。我事后得知，那位国家领导人的夫人和土耳其与会者均对此次论坛非常满意。我后来还有幸看到大使夫人的开场白讲稿。那绝非一般的官话、套话，分明是一篇散文诗，更是一篇美文！这是一篇用诗一般语言，阐述我外交及妇女政策的开场白。这篇短文出自姚大使之手，文字之优美、表述之清晰、政策把握度之准确，令人叫绝。

第四，他是一位原则性与灵活性兼具的馆长。他在工作和生活上对馆员要求严格，对自己和夫人的要求更严，从不允许夫人"干政"。但他在工作上也不死板和教条，具有灵活性。有一次，文化部副部长和另一部委的副部长同时到访，且在同一晚上有各自的宴会。另一部门驻使馆人员有经验，早已预定好大使出席宴会的日程。我出手晚了，没有安排上大使出席，非常苦恼。我心想，我们部长到访，大使不能出席活动，我怎么向国内交代呀？见我愁眉苦脸，姚大使笑了笑说，"以你们部长的名义举行个小型招待会，把土耳其文化界要人都请来，我稍晚一点到场"。我按照姚大使指示落实，此次活动效果非常好，部长高兴，客人满意，大使也高兴，我更高兴。

第五，他是一位工作生活两不误、颇有人情味儿的大使。姚大使是个工作狂，平时经常工作到深夜。周末往往要"轻松一下"。他的"轻松"方式就是和下属打扑克。工作时，他是大使；"轻松"时，他就是"牌友"。周末吃完晚饭若无外事活动，他就常和馆员打牌。这是大使最愉快轻松的时刻。姚大使不但土语讲得好，文章写得好，牌也打得好。

有个周六晚上，我们打牌到凌晨1点钟。突然有人敲门，开门一看，是大使夫人。"不要命啦！你们看都几点了？！"老冯高声说道。大使看了一下表，放下牌就走。我说："大使，您甭走啊！我们这把肯定能赢！"大使笑了笑说："先回去睡觉，明天若有空再玩儿。"明天当然就没空了……

一晃，两年时间就过去了，我也该回国了。两年间，除了首都安卡拉和伊斯坦布尔外，我几乎没到过其他城市，一心扑在工作上了。一天上午，姚大使叫我到他办公室去。他说："这两年你只是在安卡拉工作了，到土耳其西南部沿海地区考察一番吧，了解一下那里的文化，土耳其西南部还是很美的。"

是啊，土耳其西南地区不但很美，而且有许多悲壮、凄婉、动人的故事。太阳神庙、特洛伊木马故事，还有古希腊帝国、古罗马帝国、塞尔柱王朝和拜占庭帝国等，都在这一地区演绎过许许多多故事。我是多么想参访一下、了解这一文明地带呀，姚大使先为我想到了，并且让他的土耳其司机给我开车，让我了解、体验、感受这一带的古老文明。这实在令人感动……

姚大使，这些事情我都清晰地记得。时间越久远，事情反倒越发清晰，且挥之不去。我真希望有机会能在您手下再工作一个任期。

2016/02/12

以色列总理佩雷斯的幽默感

有人多次问我:"你曾在多国工作,最喜欢哪个国家?"这实在难以回答。菲律宾是我文化外交的第一站,像是我的"初恋",有许多美好的回忆;美国是世界上最发达国家,是出国常驻人员求之不得的;以色列国家不大,但能量不小,且文化独具特色;还有土耳其、南非和韩国等,都各具特色,都有许多值得留恋和追忆的往事。但您如果非要我说出一个"最喜欢的工作地",我就选择以色列了。

犹太人对人类文明做出过重大贡献。耶路撒冷是犹太教和基督教的发祥地,又是伊斯兰教的第三大圣地[1]。据说伊斯兰教创始人穆罕默德是在耶路撒冷踏着那块大青石升天的,石上至今还留有他的足迹。《圣经·旧约》脱胎于犹太教的"摩西五经"。古希腊和古罗马文化、犹太教的分支——基督教,是欧洲文明的发端[2]。

---

[1] 伊斯兰教第一大圣地是麦加,第二大圣地是麦地那,第三大圣地是耶路撒冷。
[2] 详见《极简欧洲史》,约翰·赫斯特著,席玉苹译,广西师范大学出版社,2019年9月第3版,第7页。

当代以色列人的聪明才智也令人刮目相看，其奋力拼搏、自强不息的精神让人感动。许多以色列人对华态度友好，知恩图报。在第二次世界大战时，两万多名惨遭迫害的世界各地的犹太人无家可归、流离失所，他们到中国寻求避难。以色列建国后，这批人回到以色列。他们对在中国的那段生活经历，却常记挂在心、念念不忘。我在以色列工作那几年就深刻地感受到这一点。

以色列人对中国友好，从其"最后一位建国之父"西蒙·佩雷斯的身上，便能感受得到。

我于1995年至1998年在中国驻以色列使馆工作。其间，时任以色列总统的埃泽尔·魏茨曼和总理西蒙·佩雷斯等人，都曾先后到中国大使馆做客。他们态度谦和友好，毫无架子，与使馆馆员有过很好的交流。

在1996年下半年的某天晚上，王昌义大使宴请前总理佩雷斯及其下属。我参加了此次晚宴。我们原以为佩雷斯会着正装赴宴，因此大家都西装革履，打着领带。佩雷斯身着便装，没扎领带，随从人员也不多。他刚进门时，我们都很紧张。王大使是讲法语的，他不先开口别人也不好说话。大家尴尬地站立数秒钟。这时，站得相对靠前的我，走上前去，在佩雷斯的耳边说了句"悄悄话"。佩雷斯便笑了。然后，他在我的耳边低声说了一句话，我也会心地笑了。王大使便笑着问我俩在说什么。我告诉大使："我说的是：'总理先生，您比我想象的要年轻、帅气得多！'"随后，我对佩雷斯说："王大使问我们刚才说了什么。"佩雷斯笑着说："我刚才告诉他，'你若是年轻美貌的姑娘，那就更好啦！'"这话逗得在场人哈哈大笑。

我们从这件小事中不难看出，佩雷斯是一位性情随和、平易近人、态度友好，且富有幽默感的国家领导人。他若是表情严肃、一副威严，有谁敢和以色列前总理开玩笑啊？

  那天晚上，整个宴会的气氛十分融洽、活跃、轻松、愉快。佩雷斯仿佛有说不完的话题，他不时地开着玩笑。这样看来，外交场合有时还真不能太死板、太严肃，不能太拘泥于礼节和形式了；打破繁文缛节有时是必要的。当然，这也要因人、因事，因时、因地而异，绝不能一概而论。

2016/02/15

同南非文艺部长乔丹谈文学

在南非工作期间，我周末参访最多的不是风景名胜，更不是百货商店，而是书店，尤其旧书店。行政首都比勒陀利亚的旧书店，几乎让我跑个遍。遇到文学名家的名著就买下来，回到宿舍研读。遇有感人的优秀作品，就顺手翻译过来。后来结集为《红宝石——南非短篇小说精粹》出版了。这些从地摊儿上淘来的"宝"，也就成为我的"南非小文库"。周末泡上一杯茶，再放着音乐，翻阅这些书籍，惬意得很。现在回想起来，那种幸福感仍油然而生。纳丁·戈迪默、J. M. 库切、莱昂内尔、奥利芳特、A. C. 乔丹等作家的作品，都在我的收藏之列；还有尼日利亚的诺贝尔文学奖得主索英卡等非洲文学大家的作品，也都是我收藏的对象。

这纯属个人爱好，可竟然对我的工作大有帮助。因工作关系，与南非人交谈时，常常会谈到当地文化艺术。在一次外交活动中，我偶遇南非文化艺术部部长帕洛·乔丹。我们无意间谈到了南非文学。当我谈到 A. C. 乔丹时，他眼睛突然一亮问道："你读过 A. C. 乔丹？"我说："岂止读过，我还翻译过他的短篇小说《头巾》呢！"他很惊讶地说："A. C. 乔丹是我的父亲！"我也惊叹道："什么，A.C.乔丹是您的父亲？"然后，我俩就此话题谈了起来。

A.C.乔丹是南非为数不多的能用豪萨语和英语进行创作的作家之一，在文学上颇有成就。他曾赴美国学习并在美国大学任教，后来返回南非，从事非洲传统文学的发掘、整理和研究工作。他认为非洲文学根植于非洲大地，可用来团结人民、教育人民，增强非洲人的文化自信心和自豪感。其代表作《先人的愤怒》被译成多种文字出版。他还搜集、整理、翻译、出版了《南部非洲故事集》。短篇小说《头巾》便是其中的一个名篇。

帕洛·乔丹部长的身后跟随着一群官员。见部长没有结束谈话的意思，秘书便提醒他说："部长，我们到时间该走了，还有另外一场活动呢！"乔丹部长摆了摆手说："没关系，让他们晚点儿开始就是了。"

我们的谈话终于结束了。他非常高兴，递给我一张名片后说道："今后有事，可以直接打这个电话，或者打电话找我的秘书。"

第二天下午，乔丹部长派人专程送来他父亲的两卷本的英文版故事集，书内还夹有一封他的亲笔信。

在日后的工作中，我并未如其所说直接打电话找他，也没有找他的秘书，因为主管南非对外文化交流的副总司长坎·坦巴就是好友，遇有重要事情坦巴就可解决了。没有必要再大费周折，请部长出面。不过，从那次和乔丹部长谈话以后，我国对南非的文化交流工作就更加顺畅，更好开展了。

2015/12/15

南非的"时代不幸文人幸"

在南非常驻期间，有幸结识南非作家大会主席、南非大学文学院安德雷斯·沃尔特·奥利芳特教授。在一次社交活动中，我们谈起了南非文学。我不揣冒昧地向他请教：南非国家不大、历史也不算悠久，但为什么会在十余年间出现了纳丁·戈迪默和 J. M. 库切两位诺贝尔文学奖得主[1]？

这个问题使得奥利芳特一时语塞，不知如何回答是好。他沉吟片刻微笑地说道："这样吧，我们约时间一起喝咖啡，我再和你慢慢谈这个问题。"就这样，我和同事小周，按照约定的时间和地点，来到约翰内斯堡一家咖啡店。我们边喝咖啡，边倾听奥利芳特教授介绍南非文学，一谈就是两个小时。奥利芳特并未直入主题。他先介绍了南非近百年间的历史。从土著人谈起，谈到荷兰移民、英国移民，继而又介绍了南非种族隔离主义，重点谈了

---

[1] 纳丁·戈迪默（Nadine Gordimer），南非女作家，主要作品有：《朱利的族人》《无人伴随我》《伯格的女儿》和《自然变异》等；于1991年获得诺贝尔文学奖。J. M. 库切（J. M. Coetzee），南非作家，代表作品有：《幽暗之地》《迈克尔·K 的生活与时代》和《耻》等；于2003年获得诺贝尔文学奖。

纳尔逊·曼德拉领导的南非黑人解放运动。他把话题转到南非大主教德斯蒙德·图图的一个形象比喻"彩虹之国[1]"上。最后,他总结说:半个多世纪以来,南非一直处于种族矛盾中,又处于世界舆论的风口浪尖上,任何有良知的作家都难以置之度外,想躲避都很难啊!

奥利芳特虽未正面回答我的问题,但他的这番谈话使我悟出一个道理:时代造就了南非作家,时代成就了两位诺贝尔文学奖得主——纳丁·戈迪默和J. M.库切。

此后不久,奥利芳特教授又把我和小周介绍给纳丁·戈迪默。我们的话题仍然离不开文学,南非文学。我向她谈到自己在研读南非文学,还有阅读其长篇小说《伯格的女儿》《自然变异》和中篇小说《红宝石》的点滴体会。见我是个"读书人",又读过她的小说,戈迪默眼睛一亮,我们的谈话活跃起来。我问她两个问题:一是在其十余部长篇小说中,哪(几)部堪称其代表作,或者说是她最喜爱的作品;二是她是如何获得诺贝尔文学奖的。

对于这两个问题,她先是爽朗地笑了,继而沉思片刻后说道:"对作家而言,作品就如同子女一样,很难说自己喜爱或不喜爱哪个。如果你非要问,我可以告诉你,我的喜欢是变化着的。有时候喜欢《伯格的女儿》,有时喜欢《自然变异》,有时可能喜欢《朱利的族人》……"

至于第二个问题,她显得很严肃,且有些隐痛。沉默良久,她才开口道:"我在写作时哪还想到什么奖不奖啊?!我只是想把心中积郁的愤懑、爱与恨、情与仇、欢乐和眼泪等,快速地用打

---

[1] "彩虹之国": the Rainbow Nation,是南非大主教德斯蒙德·图图用来比喻南非这个多部落、多种族和多元文化国家的。该比喻后来被南非及国际社会广泛接受。

字机记录下来，一吐为快……"

然后，她对我说："一个世纪以来，南非的社会矛盾太复杂、太尖锐，也太激烈了，到了白热化程度……各类人群的社会地位和待遇截然不同。任何有良知的作家都不能置身事外，也不能不做出艰难的抉择。我只是凭良心写作，并将其公之于世罢了……"

这次谈话所获得的印象，似与从南非作家大会主席奥利芳特教授的谈话中所获得的相近。我隐约地感觉到那个萦绕在心头的疑团有了答案。但是，我仍不满足，也不敢肯定这一答案就是正确的，因此还在苦苦地寻觅……

多年后在韩国工作期间，我接待中国文联代表团时才找到问题的答案。在完成既定工作日程后，我陪同代表团在海滩散步。在谈到中国文艺及文学现状时，我不无唐突地向中国文联主席孙家正同志请教："中国近现代史就是一部任人欺凌、任人宰割的历史，战争频仍、民不聊生；可为什么'五四运动'后的中国竟然会出现诸如'鲁郭茅、巴老曹'等一大批杰出的作家？"

这个问题确实有些唐突，似乎也不太合时宜。

家正同志沉吟片刻，然后喟然长叹道："时代不幸文人幸啊……"

答案，至少部分答案，已经找到——时代造就了作家，混乱时代成就"有良知的"优秀的作家。

可话又说回来，我决不希望自己生活在那些产生过大作家的"不幸的时代"。我同时确信：绝大多数作家也不会希望自己生活在一个"不幸的时代"的。

2020/07/30

新西兰汉学家邓肯的往事

2015年春季,美国加利福尼亚州亨廷顿图书馆中国园园长李关德霞邀我去谈工作。见面后她告诉我,她即将退休,其工作由新西兰汉学家邓肯·坎贝尔[1]接任。然后便把邓肯介绍给我。我感到很惋惜,因为我们同李关德霞多次联手举办过中国文化活动,且合作得很好。邓肯接任此工作,是她举荐并经图书馆馆委会批准的。

邓肯看上去温文尔雅,讲一口流利的汉语。他的话语不多。我对他最初的印象并不很深。在日后的交往中,我发现他是个容易合作的人。他为人真诚、谦和,能够换位思考,做事也不强加于人。

邓肯于20世纪80年代初曾来中国留学。他在北大中文系学习,毕业后返回新西兰,到大学教中文。新西兰有位中国人民的老朋友,名叫路易·艾黎。这人于20世纪曾在中国工作,并写过一部《中国游记》。我问他是否认识此人。邓肯告诉我,他们

---

[1] 邓肯·坎贝尔(Prof. Duncan M. Campbell),在20世纪80年代初,曾经就读于北京大学中文系,后来回到新西兰大学任教。

很熟。他还曾在路易·艾黎指导下学习、工作过。这加深了我对邓肯的好感。

亨廷顿图书馆是美国西海岸一座著名的综合性文化设施。它集图书馆、博物馆、植物园和园林于一身。该图书馆由美国铁路大亨亨廷顿先生所建，旨在研究、收藏、保护西方图书、艺术、世界珍奇植物和东方园林文化等。后来又修建了一座中国园——流芳园，是"苏州式园林"，号称是中国以外的世界最大苏州园林。

中国园的主管虽有科研项目，但更多的是干些事务性工作。我发现邓肯先生不太喜欢这项工作。他说自己更乐于做翻译工作。他曾翻译过冯梦龙小说，正在翻译中国明代作家张岱的《陶庵梦忆》。

我告诉他，我将在2015年下半年工作期满后回国。他感到惋惜。在那年7月下旬，他邀请我去图书馆喝茶，还交给我一个厚厚的信封。打开一看，原来是他翻译我的《假如还有来生——沼荷诗词选》中的几首诗词英文稿件。我为之感动。

读过译作后，我认为他的译作比我的诗歌原作更有诗意。他莞尔一笑地说："怎么可能？您过奖了……"我不久便向他辞行，并希望在中国见到他。

后来听说他辞职了，回新西兰教书。再后来，我们真的在中国见面了。那是2016年9月，他发微信告诉我，他将来华领中国颁发的翻译奖。后来得知是刘延东副总理颁发的翻译奖项。

此前，山东友谊出版社姚文瑞社长，曾要我给他推荐好一点儿的中英文翻译，该社正在策划翻译出版《王蒙文集》。我在邓肯出席颁奖会之余，邀请他吃茶聊天，并问他可否翻译王蒙。

邓肯对我说，他早年在北大学习时曾读过王蒙，很喜欢他的作品。他建议等把《陶庵梦忆》翻译完后，再考虑翻译王蒙。

去年底，他写信说可以翻译《王蒙文集》。于是，我把这一信息告知山东友谊出版社。这是他们求之不得的。双方一拍即合，并且签署了翻译合同。

能促成这个项目实属不易。据邓肯说，中国有好几家单位请他做文字翻译，他首选《王蒙文集》。他在北大学习时，曾经读过王蒙的部分著作，他很喜欢。翻译王蒙的著作也是他的"夙愿"。

文章写到这里，我不禁又想起中国人民的老朋友——路易·艾黎。艾黎老生前一直致力新中友好，不遗余力地向世界介绍中国。如今艾黎老早已作古，但他后继有人了。倘若有在天之灵，艾黎老一定会感到高兴吧？

2017/11/08

中以人民的友好使者

——记以中友好协会会长特迪·考夫曼

我们初次见面是在我抵达以色列后的第三天,即在中国驻以色列使馆举办的"八一"建军节招待会上。林真大使把我介绍给他。彼此交换名片后,他问我老家在哪里。我告诉他在长春。"我们是老乡啊!"他用带有外国口音的中文说道。我蓦地一怔,沉吟道:"怎么,我在以色列还有个外国老乡?!"

他,就是以中友好协会会长——特迪·考夫曼先生。特迪曾经在哈尔滨度过 25 个春秋。按照东北人的习惯,我们把辽宁、吉林、黑龙江三省的人都称作"老乡"。考夫曼先生称我为"老乡",显然是受这一传统习惯的影响。不过,从我们后来的谈话和交往中,我们彼此的确有"老乡"的感觉。我发现,我们的谈话是投机的,因为我们有谈不完的话题——中国;我还发现,他对中国的感情是那么深,爱得是那么烈。我仿佛看到了他那颗跳动的心。考夫曼在同我多次谈话中,处处显示出他对中国的感激和眷恋之情。这,也许就是我们谈话的基础,也是我们谈话投机的主要缘由吧。

特迪·考夫曼于1924年9月出生于哈尔滨市的一个俄国犹太移民家庭。父亲早年毕业于瑞士一所大学，有着深厚的犹太学基础。特迪从小跟父母学习并掌握了希伯来语。父亲早已长眠在中国。1948年以色列建国后，1949年11月，特迪途经天津和香港等地，辗转回到故土以色列。由于从小就能熟练地运用希伯来语，他回国后不久就找到了工作：在特拉维夫市政府任职。他曾经历任市政府秘书、市政工人工会主席、以色列全国总工会执行委员会委员等职。在那个年代，中以两国尚未建交，两国人民被一座无形的墙隔离着。然而，考夫曼无时无刻不怀念中国，想念他父亲长眠的土地。他是多么希望以中两国关系正常化啊！他盼望故地重游，亲眼看看那曾经给自己和数万犹太移民提供过避难所的国家，拜访那些曾经与自己同甘共苦的"乡亲们"。在以中友好协会为王昌义大使举行的欢迎晚宴上，考夫曼先生透露了当时的心态："在以中建交前，我们这些曾经旅居中国的犹太难民，在心里暗暗地为以中两国关系正常化祈祷。"

1992年1月，中以两国终于建立起大使级外交关系。这是中以关系史上的大事。以色列政府称以中建交是其第三世界外交工作中向前迈进的"最重要的一步"。考夫曼先生同其他前中国犹太移民一样，心情是多么高兴啊！然而，他并不仅仅是高兴。他想得更深更远。他要把前中国犹太移民组织起来，共同为以中友好做出贡献，要使以中两国人民世世代代地友好下去。他四处奔走，大声疾呼，筹集资金，为创建以中友好协会而努力工作。

在考夫曼先生等人的倡议和许多友好人士的共同努力下，以中友好协会终于在1992年3月29日成立了。他出任以中友好协会会长至今。时任中国人民对外友好协会会长的韩叙发来贺电，对以中友好协会的成立表示祝贺,称"以中友好协会的成立反映了以色列人民对中国人民的友好感情,标志着两国民间交流进入了一个新的阶段"。自创建以来,以中友好协会一直非常活跃:举行介绍中国的报告会、组织各类访华团、创建友好基金会向前中国犹太移民的子女提供奖学金,也包括向在以色列进修的中国留学生提供奖学金等。该协会还定期出版《以中友谊之声》会刊,报道该协会的活动和以中交流情况。

在交谈中,我感到考夫曼先生最引以为自豪的活动是以中友好协会于1993年接待以中国人民对外友好协会会长韩叙为团长的代表团。我曾不止一次地听过考夫曼先生向我讲述这段生动的故事。

1993年11月,应以中友好协会的邀请,韩叙会长率领中国人民对外友好协会代表团访问以色列。以中友好协会为此访做了周密的安排,制订了详尽的接待计划,并把该计划传真给中国人民对外友好协会。韩叙会长立即回电,对接待计划表示满意,但只提出一条修改意见:"让我们这次访问从拜谒国际共产主义战士罗生特先生之墓开始吧。"

国际共产主义战士罗生特?他的墓在哪里?这突如其来的请求,可难为了考夫曼先生。他四处奔走、寻亲访友、查找档案,忙得不亦乐乎。但凭着他对中国的热爱、对中国人民的友好感情和对中国人民解放事业的理解与支持,他终于在特拉维夫市郊的基里亚特·绍尔公墓找到了中国人民的好朋友、中国共产党的特别党员、伟大的国际共产主义战士罗生特先生之墓。然而,所见到的景象实在令人心碎:墓碑已破烂不堪,周围杂草丛生,实在令人目不忍睹……谁能想到,这位曾经为着中国人民的解放事业出生入死、曾经解救过无数名中国新四军和八路军伤员、为中国医疗事业做出过卓越贡献、唯一获得我正规军高级将领军衔的外国医生罗生特先生死后竟然如此寂寞！怎能让韩叙会长目睹这一现状？经考夫曼先生倡议，以中友好协会会员捐款，并在短短几天之内重修了罗生特先生之墓。当韩叙会长到达墓地时，那已是一座布满鲜花、修葺一新的墓碑了。韩叙会长向墓碑敬献了花篮，静默良久……然后他轻轻地对考夫曼先生说道："您可能想象不到拜谒罗生特先生之墓对我具有多么重大的意义！"

每当听到这里，我都抑制不住自己的感情，不禁潸然泪下……这是对革命前辈景仰的泪花、崇拜的泪花，也是为罗生特先生谢世后曾经有过几十年孤寂而不平的泪花。当然，这泪花里也充满对考夫曼先生和以中友好协会的感激之情。

每当谈起这件事，考夫曼先生总是显得那么激动和自豪。是啊，他应该感到骄傲和自豪，因为他为中国人和犹太人之间的友谊做了一件很有意义的事。中国人民永远感激他和那些为中以友好做出过重要贡献的人士。特迪·考夫曼先生现已年逾古稀，但看上去是那么年轻、精力旺盛。他的夫人拉莎·考夫曼告诉我，特迪已把自己的全身心都投入到以中友好协会工作上、贡献给以中友好事业了。考夫曼先生向我们讲述过以中友好协会今后拟开展的一个又一个活动计划。从他的文章里、从他的谈话中，从我们日后交往的岁月里，我感受到了他对中国深沉的爱、对中国人民眷眷的情，仿佛看到了他那颗赤诚而炽热的心在跳动。在1996年1月以中友好协会举办的欢迎晚会上，王昌义大使高度评价了以中友好协会为促进中以两国人民友好所做出的努力和贡献，称特迪·考夫曼和以中友好协会为"中以人民的友好使者"。

以色列中国画画家莫巧

莫巧是以色列当代屈指可数的几位中国画画家之一，也是其中成就卓著的一位。莫巧是地道的以色列人，于1930年出生在当时的巴勒斯坦，即现在的以色列。她天资聪颖，自幼好学，酷爱艺术，尤其喜欢音乐和绘画。但由于早年生活艰苦，当时又全力投入新生活的创造中，故一直无机会系统地学习美术和音乐。1960年，她在当时的奥兰姆基布兹学校学习手工艺术，五年后开始担任中学美术教师。

莫巧的中国情萌发于20世纪50年代。当时的以色列刚刚建国，犹太人经过数千年的大流散后逐渐返回家园；许多人因来自苏联和东欧，深受马克思主义和共产主义理论的影响。大约在1950年的一天，她从朋友处借到埃德加·斯诺的名著《红星照耀中国》。书中那些人物和事物深深地感动了她，那清新隽永的文字吸引着她。莫巧的心灵和这本书里所描绘的产生了极大的共鸣。她那时还是年仅20岁的姑娘，向往新生活、憧憬美好的未来。这本书为她打开一扇新的门窗，开辟了一个新的天地。从那时候起，她时刻都在关注着中国，渴望了解中国。她阅读了大量有关中国的书籍。中国的长城、大运河、科技发明、陶瓷和青瓷器等使她着迷。她还曾迷恋老子和庄子的哲学。她越发崇尚美，崇尚大自然，更沉醉于中国绘画艺术中。她在中国画里找到了慰藉，找到了心灵的归宿。

1983年至1985年间，莫巧受其所在的基布兹农庄的派遣，赴泰国跟随华侨林雅先生学习中国绘画。中国绘画理论和技巧为她的绘画艺术开辟了广阔的天地。她全身心地投入这一艺术领域中：白天跟林先生学画、听先生讲画，晚上回到宿舍里自己作画，甚至连吃饭、走路和睡觉都沉浸于中国绘画艺术海洋里，简直到了如醉如痴的程度。在短短的两年时间里，莫巧掌握了中国画的基本理论和技巧，并取得可喜成就。1984年，莫巧在曼谷首次举办个人画展。这次画展受到林雅先生和当地美术界的好评。

从泰国归国后，莫巧一直在中国画园地里辛勤地耕耘着。她对中国艺术的执着精神深深地感动了丈夫拉丁。他为她的创作提供经济支持。她所在的基布兹农庄为她的艺术创作提供了良好的工作环境，为她建造画室，并给予她充分时间潜心研究中国绘画。为了解中国绘画的发展进程，同中国画家保持联系，莫巧还经常去香港，中以建交后又到中国学习考察，购买绘画用品等。每次访问归来，莫巧都深受鼓舞，创作欲如山洪暴发。1983年以来，莫巧多次在以色列举办个展，受到中国艺术专家和爱好者的一致赞赏。

莫巧的绘画以工笔画为主，主题大都表现花鸟草虫。在她的眼里，人并非世界的主宰，人同世上其他动物一样，毫无高低贵贱之分。无怪乎她笔下的花鸟草虫是那么充满生机与活力。中国画作常常表现人的生活及生存环境，表现人的喜怒哀乐。莫巧的画作突出地表现世上最美好和宁静的一面：黄昏时归巢的小鸟、桃花枝头的麻雀、松树枝头的老鹰、花间的蝴蝶，还有跃出水面的鱼儿等。无不表现出一种宁静、悠闲、欢快和与世无争的情调。莫巧画作的另一大特点是其画面上往往留有广阔的空间，给观众以想象的余地。这恐怕是受中国绘画理论的影响吧。莫巧自幼喜欢音乐，可命运之神使她拿起画笔。然而艺术是相通的。每当提笔作画，她都感到一首优美的旋律萦绕耳边。她感到自己并非在作画，而是在演奏音乐，这乐器便是中国的文房四宝：笔墨纸砚。

莫巧酷爱中国的诗词歌赋。她能流利地背诵许多中国诗词。李白、杜甫，尤其是王维的诗句常常入画。尽管她已年近古稀，仍在孜孜不倦地学习汉语、中国诗词和中国书法。我送她的一本中国古诗词已成了她的枕边读物。在其居室的墙壁上挂有一幅画，格外引起我的注意：一棵苍劲挺拔的松树枝头栖息着两只相互依偎的小鸟，小鸟的背后是西下的斜阳，小鸟仿佛在窃窃私语，酝酿着明朝的生活。画的左下方题有王维的诗句"晚年惟好静，万事不关心"。这幅画使我联想到莫巧和她的丈夫拉丁。这难道不是莫巧夫妇晚年的生活写照吗？

现在的莫巧仍然参加基布兹农庄的劳动，但更多的时间是用来作画。看到她作画时那种专心致志的神情和对中国艺术孜孜以求的精神，我的心中不禁泛起深深的敬意……

怀念以色列友人爱丽丝

我离开以色列已有十七年了。可那里的人和事，还不时地浮现在眼前：那令人眷恋的地中海海滩、金色的内盖夫沙漠、美丽的加利利湖畔，还有死海、红海和约旦河等，这一切至今令人难忘。然而，最让我怀念的还是那里的人，那里的朋友。其中，爱丽丝·沃赫斯是我最想念的朋友之一。

爱丽丝是以色列独立美术策展人。在以色列三年工作中，我们共同策划举办了三个中国艺术展览：中国年画展、中国水印木刻传统艺术展、中国木刻五十年。这三个展览一个比一个规模大、水平高，而且每个展览都印制了精美图册，其中文字均为其撰写。其艺术水准之高，令人赞叹；其严肃认真精神，令人感动。记得在做第二个展览时，她曾把一份厚厚图册文稿交给我，让我修改，要我"在政治上把关"，避免出现"政治错误"。这令我十分感动。

在做第三个展览时，我转赴土耳其出任文化参赞。按道理，我们的合作到此就该结束了，我的义务也就完成了。可她却仍抓住我不放，还时常告知该项目进展情况。我发现她是"报喜不报忧"，尽管遇到资金困难，她也是自己想办法解决。我的继任者严参赞后来告诉我，该展览曾遇到资金困难，爱丽丝"回老家"芝加哥筹措资金，直至完成自己的承诺。展览结束后，她写信告诉我，还给我寄来精美画册《中国木刻五十年》。

有很长一段时间没再收到她的邮件。我曾发邮件了解其情况，她也不回邮件。我以为她太忙了，也没太在意。后来终于收到其电子邮件。打开一看，原来是她的儿子发来的，告知我，他妈妈爱丽丝已经因心脏病去世。我收到邮件后曾哭了一场。想起我们三年间的合作与友好交往：我们曾在一起吃过饭、喝过咖啡、谈论英美文学、谈起她的父亲——一位亚洲艺术爱好者与收藏家。她比我大十几岁，我视她为师长，她很尊重我，总称呼我为"车先生"。我们在一起谈论最多的是中国文化和英美文学。她对中国和中国文化的热爱，令我感动。

在以色列，有一大批犹太人对中国怀有好感，甚至怀有"感恩之心"。他们时时谈起二战时中国收留了他们，中国是世界上很少几个没有歧视、没有迫害过犹太人的国家之一。爱丽丝就是这批对华友好人士中的一员。

2015/10/31

以芭团访华的背后故事

1995年5月，我出任中国驻以色列文化专员。以色列国家虽小，但历史悠久、文化灿烂，在西亚有着重要影响力。这是我首次出任文化处负责人，对我是个锻炼和考验。

抵达后，我立即投入工作：拜访以色列文化主管部门，参访以色列文艺团体等。我惊奇地发现，以色列的现代舞和芭蕾舞水平很高，且独具特色。我暗下决心，一定设法邀请其访华。

1997年是"中国芭蕾舞年"，国内要我驻外使领馆文化处推荐芭蕾舞团。我想推荐以色列芭蕾舞团访华。我于是约见以芭团总经理马丁和艺术总监雅姆博尔斯基，两人是夫妻关系。我告诉他们条件是：来华国际旅运费由以方承担，在华食宿行等费用，全部由中方承担。马丁当场就答应，同意以芭团访华。我报告了文化部，请中方发正式邀请。

中方很快就发出邀请。可是，当我把邀请函送达以芭团时，马丁态度发生了变化。他不积极了，说没有路费，很难成行。我这下可傻眼了，不知如何是好。我在文化部"丢了面子"，失信于中国文化部。垂头丧气回到办公室，越想越生气。我便抓起电话就打给马丁，数落、埋怨、指责、批评他食言，不守信用等等，好像"机枪扫射"一般，火力特猛。一通发泄后，我便把电话挂断了。

大约十分钟后，他的夫人、艺术总监雅姆博尔斯基来电话了，她对我也是劈头盖脸一顿批评，说我不该对一位老人、她的先生这样无礼！我俩又在电话里争论了半天。最后双方决定共同想办法解决国际旅费问题。

争论归争论，工作还是要做的。我于是约见以色列艺术科技部文艺局局长向其介绍"中国芭蕾舞年"情况，并对以芭团大加赞赏；同时告知，中方还邀请了英国皇家芭蕾舞团、俄罗斯芭蕾舞团和基辅芭蕾舞团等国际一流芭团。该局长应允研究后给我答复。回馆后我又紧急约见以色列外交部文化交流负责人，同样说明该舞蹈年的重要性，且中方把以芭团和英国皇家芭蕾舞团等国际一流团体一样对待。该负责人名叫蒂娜尔，我还记得。她当时很高兴，说研究一下告诉我结果。

这期间，以色列驻华大使南月明回国休假。我在一次外事活动中偶然遇到她。我就向她介绍以芭团访华遇到的问题，希望她出面帮助解决。我还向她说，我在以色列工作常常遇到困难。有些文化交流上的问题，在中国一个文化部就解决了，可在以色列我要找艺术团体、文艺科技部、外交部三个单位才能解决，难啊！南月明大使是以色列很强势的政客，办事雷厉风行，她答应帮助我解决。

大约三天后，以色列外交部主管文化交流的副总司长尤里·巴内尔的秘书打电话给我说，巴内尔邀请王大使和我吃饭。我陪王大使如期应约。见面寒暄后便进入正题。巴内尔说，在与文艺科技部协商后，以方决定：派以色列芭蕾舞团出席"中国芭蕾舞年"活动。他同时告知，以色列交流资金有限，这要砍掉与其他国家的交流项目才能成行……我心里一块石头总算落地了。吃饭时，巴内尔还很不高兴地对我说："车先生，你向南月明大使告状，说我们不支持以中的文化交流？！"我看他是来者不善，是有准备的，他是批评我。我便反唇相讥说："我不是告状，而是说明一个事实：在中国由一个文化部可以搞定的事情，在以色列需要三家！这不是告状！"王大使见此情景，说起其他事情，我要当翻译，这话题就岔开了。我和巴内尔后来成为好友。再后来，他出任以色列驻土耳其大使，我出任中国驻土耳其文化参赞。缘分啊！此乃后话。

以色列芭蕾舞团终于访华了，而且非常成功。由于以芭团第一次访华，彼此都感到新鲜。以芭团访华归来后，雅姆博尔斯基夫妇还邀请我到他们家做客，盛赞中国的发展，尤其赞美北京舞蹈学院，没想到北京舞蹈学院有这么多的优秀人才！我告诉他们，北京舞蹈学院全国招生，中国有十多亿人口……

在日后的交往中，我和雅姆博尔斯基夫妇成为好友，直至我离开以色列多年，我们还有过联系。这可能应验了中国一句俗语，"不打不成交"吧？

尊敬的雅姆博尔斯基和马丁，您二位现在可好？我真的好想你们，真的爱你们！

2015/10/19

恢宏大气的都本基书画艺术

2012年4月，美国加利福尼亚州尼克松图书馆举办了"纪念尼克松总统访华四十周年暨都本基书画艺术展"。此次活动共展出都先生的20余幅书画作品，还附有"书法太极"和都先生设计的"时装秀"等。这是我第一次接触到都先生书画。我有种"触电"感觉，顿生视觉冲击和美的冲动。这类书体是我从未见过的：浓墨重彩、酣畅淋漓，雄浑中带有几分野性。我想，这可能是对中国传统书法的突破吧？

在日后的交往中，我又目睹了都先生现场创作时的情景。我发现，都先生的握笔法和运笔姿势，都有别于中国传统意义上的书法家。都先生是蒙古族人，这或许与他的民族有关？他创作前的艺术构思和创作中的全身心投入，使我真正意识到何谓"力透纸背"了。其夫人一凡大姐在旁边小声对我说："都先生创作时太投入、太认真、太用脑、太用力，也太伤身体了。我一般不让他过分投入创作……"

都本基先生的书法创作使我想起成吉思汗，联想到蒙元大军当年以摧枯拉朽、势如破竹和迅雷不及掩耳之势，横扫整个亚欧大陆。伟大的军事家、战略家是关心体贴士兵的，但为了赢得整场战争，大战略家往往会舍弃某个（些）士卒，甚至会丢掉某个阵地或城池，从而确保赢得整个战争。我把自己的想法和感受，同都先生交流过。他颔首而笑，说："我在创作时不苛求个体字的美感，而更关注通篇作品的综合美与整体气势，尤其注重其产生视觉冲击力。"好一个"整体气势"和"视觉冲击力"！

纵观都本基先生的书法作品，我感到主要有以下几个特点。

首先，追求书法的"整体美"与"和谐美"。都先生访美时，我们曾邀请他到中国驻美国洛杉矶总领事馆给馆员做书法讲座，并请他现场创作展示；后来又将其书法作品装裱，悬挂在总领事馆大厅内。这使我有更多时间慢慢欣赏、揣摩其作品。我发现，如果将其作品中的字断开，研究单个字的间架结构，我不觉得其美。若按照"永字八法"的标准衡量，有些字的横、竖、撇、捺、弯、折、钩等，都写得"不到位"。但是，当跳出个体字句，纵观全幅书作时，就会感觉其整体美与和谐美。

这进而使我联想到郑板桥和丰子恺两位大师的书法作品。细观郑板桥的"咬定青山不放松"或"难得糊涂"书法作品，品味其个体字时，会感到他写得既不够标准，也谈不上美观。但通观全篇，便会发现这是一幅完美无缺的作品。丰子恺的书作亦然。再回头品味都先生的书作，如电视连续剧《天下粮仓》和《山楂树之恋》的片名等，难道不会产生同样的艺术感受吗？这是书法的"整体美"与"和谐美"使然。

其次，恢宏大气，阳刚之美。中国文论家常说，"文如其人""字如其人"。这话不无道理。都先生是蒙古族人，典型的中国"北方汉子"，属于那种手执铜板，高唱"大江东去"的人。

粗犷的外表、爽朗的笑声、率真的语言，使人一见如故。都先生的书画所展示的，不是"玲珑剔透之美"，不是"小家碧玉之美"，更不是"温婉柔媚之美"，而是"阳刚之美""粗犷之美""雄浑之美""霸气之美"，或许还有"野性之美"。观其创作，您会真正感受到何谓"力透纸背""恢宏大气"和"阳刚霸气"。

他的书法作品"天下粮仓""天下和谐""天道酬勤""中国梦"和奥运口号"同一个世界，同一个梦想"等，往往给人以心灵震撼和美学冲击。尤其是当我初次看到电视连续剧《天下粮仓》的片名时，它使我为之震撼。我常想，张艺谋的奥运会艺术团队是懂得"大艺术"的人。这种人往往是不拘泥于艺术品的末梢细节，不太注重书法的横平竖直、撇捺弯钩的"到位"与否，而更注重艺术的神韵、风骨和气势。奥运艺术团队之所以选择都先生为奥运会题词、书写标语和标牌，这是美的选择，更是时代的抉择。都先生的书法作品反映了当今世界，尤其是中国美学走向：雄浑、健劲、阳刚、大气。

再次，突破藩篱，独辟蹊径。每个时代都有其代表性的文艺形式。汉代长于"赋"，唐代盛于"诗"，宋代巧于"词"，"戏曲"兴盛于元代，明清则以"小说"为最。这些与当时的社会环境、历史背景和人文景观等是分不开的。书法的巅峰时代已经过去。我们若仍然亦步亦趋、循规蹈矩、无所突破，那就是"近亲结婚"、代代相袭，逐代退化。我不反对初学者模帖、临池，但反对的是亦步亦趋、因循守旧，无所突破与创新！

都先生在书法的传承、突破与创新方面，进行了大胆尝试，取得了可喜的成就。前文提到其"握笔法"。我发现"都氏握笔法"与传统的毛笔握法不同。他写毛笔字就如同我们拿钢笔写字一样。

我对这种握法最初不以为然。可是，当我注意到，几任美国总统都用左手写字时，我就想：谁规定左手就不能写字？都先生用钢笔握法写毛笔字，为什么就不成？关键要看写出来字的效果。艺术贵在传承与创新，传统艺术尤其需要创新。有内容和形式的创新，也有手法和手段上的创新。"都氏握笔法"或许就是手段上的创新。观看都先生的艺术创作，又使我联想起大画家吴冠中。

吴冠中先生是中国，乃至世界的艺术大师。本人极其崇拜其画作，也同样欣赏其文论与画论。他曾说过："我爱我国的传统，但不愿当一味保管传统的孝子；我爱西方现代的审美意识，但也不愿当盲目崇拜的浪子[1]。"这话道出了吴先生的艺术追求与美学取向。这，在一定程度上恐怕也反映出都本基先生的艺术和美学追求。都先生绝非那种循规蹈矩、因循守旧、亦步亦趋的书画家。他对中华书画是既有传承，又有创新。

最后，都先生诗、书、画、印"通吃"。都先生是诗、书、画、印相融相伴、相得益彰的。他不仅是个书法家，还是位画家。其画作《三骏图·马到成功》曾搭乘中国航天器遨游太空。这是中国书画家的殊荣。中国书画同根同源，其书法与画作亦然。他的书画风格相同、一脉相通，浓墨重彩、浑厚天成；有些画作也展现出色彩明朗、清新淡雅的意境。他的篆刻成就不亚于其书画艺术。其"十二生肖章"古朴浑厚、妙趣天成，"书画常用章"更是匠心独具，有远古之风。都先生同时还是一位诗人，有《都本基诗文稿》行世。他的"嵌名对联"堪称一绝。您把名字交给他，几分钟即出口成章，如"泽者东方亮，润之天地兴""小却大略，

1　详见"归去来兮"，《吴冠中谈美》（新作本），广东人民出版社，2000年10月第1版，第6页。

平而不凡""镕博学以铸大象，基厚德而成忠良""近靠广民众，平安大中华"和"杨神威于宇宙，利伟志在苍穹"等，可谓信手拈来，不费吹灰之力。

书画练到一定程度，书家比拼的不是书法本身，而是文化修养、品德学识和综合素质；还有一点，也是极其重要的，那就是价值取向，尤其是美学取向！

两年前，我曾写过一篇谈及美学的"博文"。其中有这样一段话："在当今世界，时代呼唤新美学、我们需要新美学：阳刚之美、雄浑之美、恢宏之美和大气之美。不错，我们需要'小桥流水'，但也需要'大江东去'；本人喜欢'宋朝遗韵'，但时代需要'汉唐雄风'；我们欣赏'花间婉约'，可当今世界呼唤'铁马金戈'。否则，我们就会在这个靠实力说话的'丛林'中败北，就会被遗弃、被淘汰。南斯拉夫战争、海湾战争、伊拉克战争、利比亚战争和叙利亚战争等，难道不是前车之鉴吗？"

美学可以兴邦，也可以误国。这绝非危言耸听。

2017/07/17

曹勇：用油画讲述中国故事的人

曹勇是一位国际知名华人画家。他在中国的知名度虽说不算太高，但在国外，尤其在美国，说他是"著名画家"，绝不为过。

曹勇于1962年出生于河南省新县，是中国改革开放后成长起来的画家。1983年毕业于河南大学艺术系，同年支援西藏并任教于西藏大学。其间遍访西藏山川和佛院，进行写生、临摹佛教壁画，创作了大量作品，其中以20余幅西藏组画《冈仁波齐断裂层》系列最为著名。

1989年，在其事业日渐兴盛、引起国内美术界关注之时，曹勇却选择去日本发展创业。其间，他尝尽了苦头；他一边打工，一边根据自己在西藏的生活积累，整理并创作出百余幅反映中国藏民生活的油画作品。这批作品在日本展出后，曾引起当地社会的广泛关注与好评。此后，他在日本开办广告公司，从事广告设计和产品的研发。他在日本创作出一批城市壁画。经过艰难拼搏，曹勇在日本有了丰厚的经济基础和人脉，完全可以凭借艺术创作立足于日本社会了。但是，他并不甘于仅把艺术作为谋生手段，他希望最终能从事自己酷爱的纯艺术——绘画艺术。

经过认真思索与权衡后，他于1994年以"特殊人才"身份移居美国，从事油画创作，期望在西方世界再闯出一片天地。经过近十年的摸爬滚打，他终于创作出一批具有"曹勇风格"的油画作品。其作品题材广泛，既有反映美国历史和现实生活的画作，如《我们合众国人民》等，也有反映欧洲风光的，如《梦幻威尼斯》《巴黎的梦》等。但是，他最擅长且创作力度最大、作品也最多的，还是有关其祖国的油画作品，如史诗般的巨幅油画《中国》、反映汶川地震的作品《大爱无疆》、反映中国海域之美的《美丽的钓鱼岛》、反映旖旎风光的《九寨沟》和以"人民领袖爱人民，人民领袖人民爱"为主题的巨幅画作《重返梁家河》等。

曹勇的巨幅油画《美丽的钓鱼岛》《中国》《大爱无疆》《重返梁家河》和反映中国藏民生活的画作，曾经在美国多地巡展，受到美国主流社会的关注与好评；有些作品被美国画廊和大公司收藏，还有一些作品被政府机关收购，然后悬挂在相关公共场所。

观其人、品其画，我发现曹勇及其绘画艺术主要有以下特点。

首先，曹勇是位"故事高手"。他很会讲故事，而且长于讲述他所熟悉的"中国故事"。他使用的是国际通用语言——油画，讲述的是"中国文化故事"。他一只脚站在祖国中国，另一只脚踏在居住地——美洲大陆，用如椽大笔，在太平洋上空作画。在从中国走出去的画家中，能够把反映中华文明的巨幅画作，如《中国》和《重返梁家河》等，在美国军舰上展览，且被人理解、接受与欣赏的画家，为数不多。

其巨幅画作《中国》，采用了国际通用语言和表现手法，如透视法和聚焦法等，展现的却是中华文明主题和中国人的审美情趣。画作以写实主义为主，兼具象征意义。他以其凝练之笔，将数千年中华文明印记,如长城、秦兵马俑、乐山大佛、布达拉宫、故宫、华表和共和国国旗等,置于同一画内;又将喜马拉雅山、长江、黄河、东海之滨、南海岛礁等,汇集于同一画作之上,从时间和空间两个维度,展示中国历史的悠久和祖国山川的秀美。正可谓"立意高远,匠心独具"。

其次,曹勇是位"抒情诗人"。其性格豪爽、放浪形骸,属于那种大碗喝酒、大块吃肉和手执铜板,高声吟唱"大江东去"的人。其历史巨幅画卷《中国》,反映抗震救灾的油画《大爱无疆》和组画《九寨沟》等,都淋漓尽致地展示出其"豪放派诗人"的气质和胸怀。尤其是那幅描绘汶川地震瞬间的《大爱无疆》,使得中华民族那种不屈不挠和勇往直前的英雄气概跃然纸上,并定格在抗震救灾的那一瞬间。画中的聚焦点是一位从地震废墟中抢救出来的少年。尽管其身上和脸上血迹斑斑,他躺在担架上仍然面带微笑,向救援军人敬少先队队礼;远处刚被抢救出来的年轻母亲正在给襁褓中的婴儿喂奶。

再次,曹勇是个唯美主义者。就其性格特质而言,曹勇是粗犷的、狷介的、不羁的,甚至是放浪形骸的。但他豪放而不失温婉、粗犷而带细腻、狷介而有柔情。其温婉、细腻、柔情和唯美的一面,在巨幅画作《美丽的钓鱼岛》中得以淋漓尽致的体现。曹勇说:"钓鱼岛百余年来一直是中日关注的焦点。但,我从艺术的角度看到的是其自然属性。作为太平洋海域一颗璀璨明珠,钓鱼岛是那么美丽。"听其言,观其画。他极尽绘画之能事,竭力表现钓鱼岛之美:岛礁巍然耸立,天上有彩虹云霞,海里有跃动的海豚,水中有成群结队的鱼群;蔚蓝色的水下长有珊瑚,珊瑚礁后游动着小鱼和水藻。在海底一个明显位置,留有人类文明的印记——青花瓷，述说着中国人早就在这片海域生活。

最后，曹勇是位艺术的"叛逆者"。他从不循规蹈矩，从不跟在别人后面爬行。在艺术学院念书时，他就有些不"安分"，时常旷课到野外写生，险些被校方开除；毕业后申请到西藏教书，转而被学校树立为"支边模范"；到了西藏，他不满足于教书，最后只好辞职，做个"自由画家"。他在西藏的七年间，创作出大批反映藏族文化的优秀作品。正当其取得成就、脱颖而出之时，他心血来潮赴日本发展。他当时连一句日语都不会说，在日本生存是极其艰难的。他奋力拼搏，一个偶然机会，他得到一份画广告牌的工作。从此便走上"正轨"——作画，并取得成功。他成立广告公司，财源滚滚而来。可是，他却不满足于艺术仅为"赚钱工具"，希望成为真正的艺术家。于是，在1994年移居美国。他又于数年前回到祖国，在北京798艺术区开办艺术画廊——曹勇艺术世界。他还在杭州和西部山区开办了曹勇艺术画廊和艺术博物馆，将自己数十年周游世界的亲身体验、学到的本领和获得的艺术成果等，回馈给养育他的那片土地和人民。

愿曹勇在艺术高原上不断攀登新高峰，创造出更多更好的，既为中国百姓喜闻乐见，又被国际观众接受与认可的艺术作品。

2019/05/10

徐冰：打通中外文化隔墙的人

徐冰是从中国走出去的世界级画家，也是为数不多的"墙内外开花，墙内外都香"的中国艺术家之一。在当今这个"'著名'不老少，'大师'满街跑"的年代，说徐冰是"世界著名艺术家"，绝不为过。

我是20世纪90年代在中国驻以色列使馆工作期间，从当地美术策展人爱丽丝·沃赫斯那里听到徐冰这个名字的。爱丽丝对徐冰崇拜有加，尤其对其版画作品《天书》赞不绝口。她很想邀请徐冰到以色列办展，但终未果。此后，我又相继在几个国家常驻，也都曾听到驻在国美术界对徐冰艺术的高度评价。直到2015年上半年，我才有幸与他在美国亨廷顿图书馆举办的文化活动上相遇。但，徐冰真正进入我的视野，或曰走进我的心扉，还是2018年7月至10月间在北京尤伦斯当代艺术中心举办的徐冰"思想与方法"艺术回顾展会上。这是一个大型展览，内容包括其《知青岁月·碎玉集》《天书》《地书》《鬼打墙》《英文方块字》《烟草计划》《木森林》和装置艺术等。这是一个名副其实的"回顾展"。我愿用"强烈震撼"和"引发思考"两个词语来描述自己当时的感受。

读其书、观其人、品其画（艺术作品），我有如下感想，愿不揣冒昧地呈献给读者。

志存高远，执着前行。徐冰出身于北京的一个知识分子家庭，从小就喜欢绘画，立志做一位画家。在中小学读书时，他就显露出绘画才华，故而拜师学画。中学毕业后，他响应国家的"上山下乡"号召，主动报名下乡劳动锻炼，其目的是想"早去早回"，以便从事绘画。在农村，他心无旁骛，认真劳动、刻苦学习、努力作画。他很快便成为农村的"小宣传员"——板报人和刊物美工。他把刻印钢板、版面设计、美术加工，甚至撰写稿件等一肩挑。这是个很好的学习锻炼机会。该刊物不久便成为其下乡所在县的"样板刊物"。他在劳动之余，观察、揣摩当地农民，并画人物素描。他所在村的村民几乎被他画个遍。这，练就了其敏锐的观察力和超强的表现力。为了写生作画，他春节不回家，照看集体宿舍，目的是学习作画。这，为其1977年回京考学、从事绘画，打下了坚实的基础。

细心观察，积累素材。徐冰善于观察周围环境，积累创作素材。他极其崇拜著名版画家古元，并以其作品为师，创作出大批脍炙人口的反映农村生活的小版画，后来结集为《碎玉集》并展览。这为其日后的艺术创作积累了丰富的素材和经验。

艺术源于生活、发于心灵。农村生活素材皆可入画。他发现农家过年时两个怪异的汉字，似曾相识，但又很陌生。这是两个由多字组成的汉字，拆开后皆有读音，且有含义；写成一字时虽有含义，但不知读音。这两个汉字就是分别由"招财进宝"和"黄金万两"多字组合而成的。这给他留下了深刻的印象，为其日后创作《天书》埋下伏笔。

中央美院，艺术圣殿。对从小就酷爱绘画艺术的徐冰而言，他的最高理想就是进入中国中央美术学院读书。中央美院是他心中的"艺术圣殿"。作为"知青"的他，连做梦都想着中央美院，他也以实际行动为进如此"圣殿"拼力。功夫不负有心人，机会往往是留给那些有准备的人的。1977年全国恢复高考，他以优异成绩考入中央美术学院。其理想专业是油画，可他却被分配到版画系。虽然不理想，但也只能退而求其次了。一旦搞定专业，他就开足马力，全身心地投入。其实，中国版画在各艺术门类中是很强的。中央美院有多位版画大家，如古元、力群、王琦、江丰、李桦和王华祥等，都先后在此执教。这批版画家既有丰厚的传统文化底蕴，又有西方的审美情趣和技法，是当之无愧的艺术大师。这对徐冰而言，是个难得的学习机会。他以优异的成绩毕业后便留校任教。其间，他一边教课，一边创作。在20世纪90年代，他开始创作版画作品《天书》。深入研究木刻和宋版书籍、古书刻印方法，将各种版本、字体加以比较，并亲自动手刻字。他将汉字拆解后重组。经他拆解并重组的汉字，看上去都似曾相识，但仔细研究又无一字能在字典中查到。这使观众既感到好奇，又觉得迷惑不解，对观众产生冲击力。他把自己创作的3500余个无意义的汉字装订成"宋版"书，并制作成展品，名曰《天书》。

标新立异，开拓创新。艺术贵在创新。徐冰决不满足现状，既不模仿照抄他人，也不走回头路。他一直向前看、朝前走，不，是向高峰攀登。细心观众很少会看到他重复自己的作品和理念。一旦作品完成，或"艺术之子"生出，他就"忘却"了，继续前行。

我在美国洛杉矶工作期间，曾参加徐冰在亨廷顿图书馆举办的《地书》展览。这是他用多年在世界各地搜集到的图标、路标、指示牌等各类标识图案编辑而成的故事。观众乍看时会感到迷惘，但仔细推敲，却生趣盎然、别有洞天。如果说《天书》是个只供欣赏、难以读懂的汉字艺术展，那么，《地书》则为操各种语言的观众能够理解的文化展览。观众无不为其新颖的立意和别具一格的艺术赞叹不已。

　　英语"方块字"是徐冰的又一"发明杰作"。众所周知，方块字乃是汉字独具的艺术形式。徐冰却打破这一传统观念，用方块字的形式书写英语。如《艺术为人民》(Art for the People)，唐朝诗人张若虚《春江花月夜》(Spring, River, Flowers, Moon and Night)的全首英文译诗等。这使得观众同时欣赏到汉字艺术的美、中国诗词的美和英语译文之美。这，不能不说是徐冰独具的"匠心"！无怪乎有的外国观众说："徐冰是真正打通中外文化隔墙的人。"

2018/11/25

王伟中：艺术净土的守护者

在现实生活中，你会遇到各类人物。有的人风流倜傥，潇潇洒洒；有的人口若悬河，侃侃而谈；有的人则寡言少语，低调自谦……王伟中先生显然属于后一种人。

我到美国洛杉矶工作后不久，就听到伟中这名字。记得是在一次美术界朋友的聚会上，有人说王伟中"是当今极为少见的潜心作画、痴迷艺术的人"，有的说他"闭门谢客、深居简出"，还有的人说他"衣衫褴褛、蓬头垢面，满脸胡子"……他最初给我的印象是怪怪的。这，反倒增加了我的好奇心，使我越发想要见到他。

大约2012年初，伟中和一位朋友来领事馆拜会总领事，我出席作陪。这是我们第一次见面。他身材魁梧、个头高大，黝黑的脸庞长满络腮胡子，寡言少语、声音低沉而柔和，说话慢条斯理。我暗自思忖：这吴侬软语竟然出自一个"北方汉子"之口！

谈话间，他拿出两幅画作给总领事看，说计划在伦敦奥运会期间去办展览。我记得一幅是"插花"，另一幅是"仕女图"。我眼前突然一亮，随口说道："不一样，绝对不一样！"我当时真有"众里寻他千百度"的感觉。这"不一样",是相对于千人一面的当代中国画而言的。这两幅画作:近看,笔触细腻、层次分明,且画中有画;远看,构图简约明快、线条飘逸流畅,给人清新、淡雅、空灵之感;而且,画作在阳光下熠熠闪光。仕女的上半脸部呈淡蓝色,仿佛一层薄纱,人物的眼神里流露出淡淡的哀愁……我当时的感觉是:仿佛吃过多年大鱼大肉,突然品尝到清新爽口的素食,抑或是看过无数浓妆艳抹、乔装打扮的"人造美女"后,突然遇到一位"清水出芙蓉,天然去雕饰"的少女一样。我直觉地意识到,这是一位不自谓"大师"的大师级艺术家。

在日后的交往和对其画作的鉴赏中,我的直觉得到了进一步印证。伟中酷似绍兴老酒,初饮时味道温、柔、淡,但越品味口感越好,且后劲十足;他又如西湖龙井,味道清新纯正、沁人心脾。这需坐下来耐心品尝。

王伟中生于20世纪60年代初的苏州,70年代以前是在苏州度过的,80年代初考入南京艺术学院美术系,毕业后任教于华东工学院美育教研室。此间,他还相继做过《苏州日报》和江苏美术出版社美术编辑。大学虽然毕业了,但学习并未终止。他以人文社会为课堂,以自然山川为良师。青藏高原、黄土高原,印有他的足迹;太行山脉、黄河流域,留下他的身影。年轻气盛、精力充沛的他,有着惊人的毅力和执着,真有"搜尽奇峰打腹稿"的鸿鹄之志。

俗话说,"一方水土养一方人",这话有一定道理。但艺术家的后天经历和社会环境,也是可以改变其性格和创作风格的。这期间他创作了大量写实作品,大都个性张扬、性格叛逆、尖刻老辣,给人撕肝裂肺的冲击力。他在国内外举办多次画展,引起世人的关注并受到好评。他的画风当时颇有一批人追随效仿，堪称当时中国艺术界的弄潮儿。他本可沿着这条路继续前行，直至一个辉煌的顶点。然而，一项新的使命突然落在他的肩上。

1991年，伟中参与了抢救祖国文化遗产项目，主持大型文献画册《敦煌石窟艺术》的筹组和撰写工作。他属于那种"咬定青山不放松"的人，工作一旦开始就要有个结尾，就要全身心地投入。他带领工作组赴敦煌石窟调研考察。白天，他就在石窟里临摹、拍照先人的遗迹；夜晚，就在宿舍里整理编辑获得的第一手资料。常常和同事在石窟里一干就是个通宵。他们带着干粮和水深入石窟。饿了就啃几口面包，渴了就喝一口白水，困了就席地而睡。一干就是六年！孟子曰："天将降大任于斯人也，必先苦其心志，劳其筋骨，饿其体肤……"这话对伟中是适用的。1996年，一部30卷图文并茂、资料翔实的大型文献画册《敦煌石窟艺术》问世了。这在当时的中国出版界引起不小的反响。此书于当年获得华东地区"特别奖"，次年荣获"国家图书奖"。"这是整个团队的心血，是集体劳动和智慧的结晶。"伟中不无谦逊地强调。

此后数年间，各种荣誉、各类奖项和赞美纷至沓来：他应邀赴中国香港、台北和新加坡、日本、美国等地举办展览；其名字和作品被选入《中国当代艺术界名人录》《中国当代美术家图录》《世界华人艺术家成就博览大典》等，正可谓"千淘万漉虽辛苦，吹尽狂沙始到金"。

1998年，应芝加哥大学之邀，伟中赴美国举办个人画展和美术讲座，此后便巡展于美国多个城市；后来便以"杰出艺术家"的身份移居美国。2000年伟中被授予洛杉矶"荣誉市民"称号。此间的他，潜心创作并从事美术教学活动。

2005年，王伟中与艺术大师丁绍光和刘大为一起在洛杉矶举办"中国名人画展"，受到美国美术界的广泛关注与好评。他本可借此机会进行自我包装、推销、巡展、售画、赚钱、发财……可他却不羡荣华、不慕富贵，而是戛然而止、见好就收。用他自己的话说，他想"远离喧嚣的红尘，让心灵得以喘息、沉淀净化"。他要静下心来，潜心作画，要"搞真正的艺术"。

旅美十六年间，伟中的个性和画风发生重大变化。他由原来的个性张扬、桀骜不驯，变得低调自谦、温文尔雅；作品也由批判写实、浓墨重彩，嬗变为柔情似水、清新隽永、空灵简约的"王家样"。此乃"洗尽铅粉皆素姿，返璞归真真君子"也。我曾问他画风的变化为何如此之大，是否受敦煌艺术的影响。他不得不承认这一点。

在他的仕女图中，我发现有个共同特点：女子上半脸部均呈淡蓝色，仿佛蒙上一层面纱。我曾问其个中缘由。

"这里有个凄婉的故事。"他沉吟片刻，不情愿地说道。故事发生在1985年深秋。伟中徒步赴川、青、藏交界处的群羌寻找绘画素材——康巴汉子。11月的深秋已是白雪皑皑。伟中在厚厚的积雪上行走，期盼碰到一辆可以捎脚的汽车。他确实碰到了一辆大货车，司机是个健壮的汉子，有着一双"动物般浑浊的眼睛"。他上车前行。大约半小时后，司机那双"浑浊的眼睛"突然一亮。向前看时，发现一位头裹红围巾的女孩儿向司机招手，也是想搭车的。司机迫不及待地停车，并示意伟中坐到后面的车厢里，让女孩坐进驾驶室。大约十分钟后，汽车突然停下。司机说，车坏了，需要修理。他嘱咐伟中不要下车，否则将被扔下。然后司机拉着女孩一同钻进车底下。

后来，伟中才明白司机是强迫女孩儿干那种难以启口的事儿。此后，女孩那双忧郁的眼睛便深深地镌刻在他的记忆中……

"每当创作仕女图时，我常常想起她……"于是，他就在"仕女"的脸上蒙上一层薄纱。这或许就是伟中笔下的"仕女"大都感伤、哀怨、凄婉的缘由吧？

伟中是个吃尽苦头、尝过甜头、经历过大风大浪的人，是中国美术界曾经风风火火、红极一时的人。沉寂多年后的他，如今在美国想些什么，做着什么，追求什么？

他在2010年7月《胡润百富》杂志专栏中写道，"看岁月匆匆。近的，正在走近；远的，正在远去。红尘茫茫，一切都如过眼烟云。心灵的净化发自心灵的感召，灵魂的荡涤来自人的境界。而真正的艺术则源自艺术家的格调、悟性和良心。音乐有天籁之声，绘画有天籁之痕。优秀的艺术作品必定是一种升华的、干净的、纯粹的精神家园。在那里，我们殊途同归，归于心灵的家园。那里无我无他、无古无今、无垢无净、无圣无凡，唯有本然。人生无常，在喧嚣浮躁的尘埃背后，尽量给自己的心里留下一片净土"。

这，就是王伟中赴美后十几年的追求、是他的艺术宣言，也是其心灵的"自供状"。

2015/04

韩素音：心系中国的世界知名作家

春节前整理书房，偶然发现韩素音的英文版小说《无鸟的夏天》。于是，便捧在手里阅读起来，继而又想起在北京外国语学院读书时听她做报告的情景……

那是1980年夏季，世界知名华裔作家韩素音女士来校做报告。我早早地来到礼堂，找个靠近讲台的位置坐下，以求一睹作家的芳容。英语系名教授吴千之用英语主持报告会并介绍韩素音。

"韩素音是世界知名女作家，以描写中国、讲述中国故事闻名于世。"吴教授介绍说，"甭说书的内容如何了，仅其书名就够吸引人的：《瑰宝》《无鸟的夏天》《凋谢的花朵》《凤凰的收获》和《吾宅双门》等。"

韩素音是20世纪七八十年代往返于中西之间的西方文化名人，曾多次受到中国领导人的接见，我记忆犹新。她温文尔雅、朴素脱俗，温婉中透着灵气。她在北外做报告时不慌不忙，娓娓道来。记得她讲话时间不长，留给学生提问的时间却很长。学生提问踊跃、争先恐后。胆怯腼腆的我，根本无机会提问。直至她走下讲台后，我才走上前去，怯生生地问了一个问题："韩女士，我有个问题想了很久,不知现在可否问您?"

"什么问题?请讲。"她说。

"我知道您最初是学医的。我还注意到中国颇有几位优秀作家最初也是学医的,比如鲁迅和郭沫若等人。学医和当作家是否有什么内在联系?"我问道。

她沉吟片刻后答道:"是的,我先前是学医的。也确实还有许多医生最后成了作家。不过,二者好像联系并不大。若说有点儿关联,那就是二者都是研究人学的。不知这个回答如何?"然后,她微笑而疑惑地看着我。

"谢谢您。"我紧忙回答。然后,她便在师生的簇拥下离开了会场。

我得到了满足。不,能够同世界著名作家韩素音说上几句话,我简直是受宠若惊,实在难得了!

打那以后,我就特别关注韩素音,搜集其文学作品,关注其在中国的社会活动。她经常来北京,每次都有国家领导人会见。

韩素音(Elisabeth Comber),原名周月宾,1917 年 9 月 12 日生于河南信阳,祖籍广东。父亲周映彤出生于成都郫县,是中国第一代庚子赔款留学生,母亲玛格丽特出身于比利时贵族家庭……

1952 年,韩素音用英文创作的自传体小说《瑰宝》,在西方世界引起巨大反响,这奠定了她在国际文坛的地位。其主要作品多取材于 20 世纪中国生活和中国历史,体裁有小说和自传等。20 世纪 80 年代以来,其作品陆续译成中文等多国文字并出版发行,她后来还学会了用中文写作。

我在国外工作期间经常逛旧书店,尤其关注那些描写中国、与中国相关的作家。林语堂、赛珍珠、韩素音、聂华苓和白先勇等人的作品，都在我的收藏之列。手头这几本韩素音的小说，是我在洛杉矶常驻时从旧书店淘来的，奉为至宝，细心珍藏，不时地翻出来阅读。

　　由书及人，因人记事。世事沧桑，人生莫测。一转眼，近四十年过去了。如今的我，虽已年逾花甲，但身体犹健。我很高兴、也很庆幸，在我身心处于最佳状态之时，到点儿就退休了。是的，我是退了。但退后就必须"休"吗？这因人而异吧？

2018/02/16

大侠萧逸的内心世界

北美洛杉矶华文作家协会前会长叶周先生发来微信，打开一看，竟然是萧逸去世的讣告！这消息太突然，太令人难以接受了！2015年8月我回国前，他还和几位文友为我饯行，他看上去身体还是蛮好的呀！

讣告这样写道："著名的武侠小说大家萧逸先生于2018年11月19日星期一晨8时45分因肺癌晚期，医治无效辞世，享年83岁。"

这条消息把我带回到七年前赴美国驻洛杉矶工作的那些日子。我是2011年6月出任中国驻美国洛杉矶总领事馆文化领事的。到后不久，我就有幸结识了萧逸先生。最初的印象：他是一位热情友好、慈眉善目、温文尔雅的长者。从交谈中得知，他在过去数十年间一直从事美中文化交流和"两岸三地"的文学交流工作。他手中还有许多交流项目正在做，或者将要做。作为一位文学爱好者，尤其作为从事中美文化交流工作的我，感到由衷的高兴。我，找到知音了。

在日后的接触中，我最初对萧逸先生的印象得到了印证。此外，我还发现萧老为人厚道，心胸开阔，善于团结人。洛杉矶地区的华文作家背景复杂，有来自中国大陆的，有来自中国港澳台地区的，也有美国土生土长的，还有来自东南亚地区的。大家的文化背景、思维方式和生活习惯相差较大。然而，萧老参与领导下的洛杉矶华文作家协会能够包容，将大家团结在一起，从事他们挚爱的文学事业。莫言获诺贝尔文学奖时，他们举行研讨会；诗人舒婷夫妇莅临洛杉矶时，他们举行欢迎暨研讨会；他们还经常举办诗歌朗诵会、文学报告会等。美国作家和中国大陆的作家不同，他们大都是业余的，没有中国专业作家的固定收入。为了接待中国代表团，他们往往是自掏腰包。实在凑不足接待资金，萧老有时就自己掏钱"补缺"。这完全是出于对文学的爱，出于对祖国的爱和对美中作家开展文学交流工作的爱。

　　常言道："文人相轻。"可是，在与萧老接触的四年间，我从未听到过萧老"轻"过其他文人的话语。他总是能够发现他人的闪光点，总是能看到他人的长处，并认真学习。这是难能可贵的。

　　还有，作为一名资深的、成就卓著的、世界知名的华文作家，萧逸老总是那么谦虚、低调，他从不摆出一副高傲的、盛气凌人的架势；因为他知道：人各有所长，不能拿自己的长处去比他人的短处。这点也是很值得文友们学习的。

　　文章写到这里，我情不自禁地走到书架前，取出萧逸老于2014年赠送给我的武侠小说《甘十九妹》。为纪念我的师长和忘年交——萧逸先生，我从今天起重读这部书，再次体验和感受作家萧逸、再次走进"萧大侠"的内心世界……

2018/11/20

第二章
泥爪飞鸿

　　生命离不开水。水，成就了人类文明。幼发拉底河和底格里斯河孕育了古巴比伦文明，尼罗河养育了古埃及文明，印度河和恒河培育了印度文明，黄河与长江是中华文明的摇篮，古希腊文明是被水滋养大的。

——沼荷——

文旅融合与诗和远方[1]

政府机构改革终于尘埃落定。原文化部和原国家旅游局合并为"文化和旅游部"。二者的结合,并非是谁合并了谁,更不是谁吃掉了谁,而是二者相加,生成一个新的部委——文化和旅游部。

作为政府机构,文化和旅游部并非中国首创,他国有之。世界上曾经把文化和旅游业务放在一个部委的,如埃及、土耳其、印度、韩国和新加坡等国家,都有过类似的部委。就是说,文化和旅游共处于一个部委内,有其合理性,不然怎么会有这么多国家把文化和旅游放在一起呢?

有人或许会问:文化和旅游共处于一个统一体中,二者是什么关系?经认真研究与思考,我认为,文化和旅游——

首先,是"孪生兄弟"的关系。马克思主义的观点是劳动创造了人,人创造了文化。在漫长的岁月中,由于多种原因,人类是在不断地迁徙、流动的。在长时间的迁徙与流动过程中,逐渐

---

1 此文根据笔者在北京大学艺术学院的讲座整理而成。

形成了特定人群及特定文化。举例而言，美洲印第安人始祖来自亚洲大陆，主流观点认为是经由白令海峡迁徙到美洲大陆的。迁徙、流动、行进的本身，就是旅游的最初表现形式。同样，犹太人和阿拉伯人的共同始祖亚伯拉罕率领族人从"大河流域"迁徙，经过漫长的岁月和多代人的努力，最后在迦南地带定居。当然，这种流动和迁徙，是经过了数百乃至上千年，或者更长时间。这为后来的犹太暨以色列文化和阿拉伯文化的形成与发展，奠定了基础。

其次，是"灵魂"和"载体"的关系。这绝无褒文贬旅之意。举例而言，假如您去埃及或印度出差、旅游，或者外国人来中国旅游，你们在这些国家最希望参观的是什么？埃及金字塔、印度泰姬陵和中国的故宫与长城等，是当然的首选。金字塔、泰姬陵、故宫和长城是什么？文化结晶呀！人们通过旅游这一载体，体验、品味、欣赏到特定的文化。文化使得旅游赋有更多的人文内涵，而旅游使得文化得到更广泛的传播。

再次，是"读万卷书"和"行万里路"的关系。在世间，有有字之书，有无字之书。"万卷书"是"有字之书"，"万里路"是"无字之书"，二者均为获得知识的重要手段。明代著名旅行家和地理学家徐弘祖，出身于耕读世家，早年饱读诗书，22岁开始游历大江南北。他先后游历了现今21个省、直辖市、自治区。"达人之所未达，探人之所未知。"经过三十年的旅游考察，他撰写了60万字的游记，后来结集为《徐霞客游记》，堪称中华文化的宝贵财富。

最后，是"诗和远方"的关系。这一比喻，出自高晓松的一首歌的歌词："生活不止眼前的苟且，还有诗和远方的田野。"如果用"诗和远方"来形容"文化"和"旅游"的关系，这是极为贴切的。诗，代表文化；远方，代表旅游，也代表着追求。在中国古代，把文化和旅游、诗与远方，结合得最完美的非"诗仙"李白莫属。李白一生手持宝剑，云游四方。他游历峨眉山，创作出《蜀道难》；在长安时，创作《子夜吴歌》；游览秦岭奇峰时，创作了《登太白峰》；游览庐山时，创作了《望庐山瀑布》；游览安徽宣城敬亭山时，书写了《独坐敬亭山》。有些地方是仙山，根本去不了，但他可以神游、梦游啊！极尽想象之能事，创作了诸如《梦游天姥吟留别》等壮美诗篇。

综上所述，我们不难看出：文化和旅游的结合是最佳选择。文化和旅游、诗和远方的结合，可以生发新的文化业态，产生新的文化大作和文学杰作。

我们正处于一个伟大的时代。自1840年鸦片战争以来，中华民族从来没有像今天这样扬眉吐气，中国从来没有像今天这样兴旺发达，中国的国际地位也从来没有像今天这样高。究其原因，那就是因为中国选对了道路、选对了制度、选对了理论，还有中华文化的独特优势。我们坚信：文化和旅游、诗和远方的结合，将加速中华民族的伟大复兴！

2018/06/11

新天鹅城堡的前世今生

古代欧洲人喜欢城堡，德意志民族尤甚。据说德国是世界上城堡最多的国家之一，至今尚存14000多个古城堡。古代中国人则热衷于建造亭台楼阁，尤其爱建庙宇寺院。杜牧有诗为证："南朝四百八十寺，多少楼台烟雨中。"这恐怕与东西方和中德的文化背景有关。德国人的祖先日耳曼人好战、善战，因担心敌人反攻，故而修建易守难攻的城堡。而中国的寺院多，这显然与其佛教信仰有关。

在德国的数以千万计的古城堡中，新天鹅城堡恐怕最为著名。一方面与其造型优美、环境险峻和主人的凄婉故事有关，另一方面则得益于美国迪士尼乐园的宣传效应。迪士尼乐园的主体建筑仿照该城堡而建，是个不争的事实。其电视镜头出现率远高于其他欧洲古城堡。我曾参访过迪士尼乐园的主建筑群，那真是美不胜收，让人叹为观止。

新天鹅城堡是19世纪晚期建筑，位于德国巴伐利亚西南方，德国和奥地利边界不远处。该城堡是巴伐利亚国王路德维希二世的行宫，原设计有360个房间，但只有14个按计划完工，其余的则因国王英年早逝而搁置。这是德国境内最受关注的古城堡，也是最受欢迎的旅游景点之一。

城堡主人路德维希二世，颇似中国皇帝宋徽宗赵佶，是位大艺术家，而非治世之君。据说，这座处于山上的城堡选址为其本人所定，城堡的设计也是其亲自为之。这是难能可贵的。但此君命运多舛、极为不幸，在城堡竣工之前就神秘死去，留下诸多遗憾。这不禁使我想起中国一句古话："绝怜高处多风雨，莫到琼楼最上层！"

站在山脚下向上望去，城堡虚无缥缈，隐没在云雾中，宛若人间仙境。看过迪士尼乐园主建筑的人，应该追本溯源，再一睹其原型之风采；看过新天鹅城堡的人，也不妨再看一眼迪士尼乐园的主体建筑，将二者加以比较。这就更能感受到新天鹅城堡的前世与今生，更能领略西方古城堡的艺术风貌了。

2018/01/02

柏林墙脚下的沉思

柏林是一座古老而现代、庄严而华美、欢乐而悲戚，上帝与魔鬼相继光顾过的城市。柏林在世界的近现当代史上，太引人瞩目、太令人兴奋，也太令人纠结与心碎了。德意志民族与其息息相关、难解难分。大政治家俾斯麦的纵横捭阖、运筹帷幄，离不开它；拿破仑大帝的东征西讨，绕不过它；希特勒的崛起与毁灭，也跳不出它。它给世人既带来过愉悦，也带来过磨难。

离当代最近，也最令当代人苦恼的事件，莫过于第二次世界大战了。20世纪下半叶世界最重大的历史事件，莫过于苏联的解体和"柏林墙"的倒塌了。柏林曾是希特勒毁灭和"二战"结束后东西方的必争之地。以美国为首的"北约"和以苏联为首的"华约"两大军事集团，将柏林市"一刀两段"，截然分开。东德于1961年8月13日筑起这道最初的铁丝网，后来改为水泥砖墙，德国从此一分为二。直至1989年柏林墙倒塌，1990年这道绵延150余公里的墙壁主体被拆除，德国实现统一，前后历时三十年。

在我的心目中，"柏林墙"酷似一位妙龄女郎的腹部的刀痕，使人悲戚、令人神伤。这个曾经被称为"野蛮人"的日耳曼民族，实在是太伟大，太令人羡慕嫉妒恨了。日耳曼"蛮族"是欧洲文明"三大来源"之一[1]。日耳曼民族为人类文明奉献得太多了，也给世人带来太大的磨难。歌德的《浮士德》和《少年维特的烦恼》、席勒的《强盗》和《阴谋与爱情》、马克思的《资本论》和科学社会主义，康德的哲学、黑格尔的哲学和美学，尼采的"超人论"和叔本华的"意志论"，还有大音乐家瓦格纳等人，均为人类思想文化史上的坐标，也是茫茫夜空中的星辰。

当然，德意志民族也给世人带来巨大磨难。两次世界大战都离不开该民族。一位哲人不无幽默地说："德意志人要么'拷问'世界，要么就'拷打'世界。"这话听起来有点儿滑稽，但认真思之，也不无道理。可以说，日耳曼和德意志民族既可爱，又可恨。其可爱之处，除了上述以外，还有时下国人倡导的"工匠精神"。这个民族头脑太发达，民族性格太执着、太倔强、太刚毅了。这是个一旦选择方向，就"一条道跑到黑"的民族。世人为何喜欢开大众汽车、奥迪、奔驰与宝马？这是由于德意志民族创造精神和工匠精神使然！该民族做事原则似乎是：除非不做，做就要做得最好，绝不半途而废。

柏林墙虽然倒塌了，但横亘在东西方文明之间的那堵意识形态之墙，却没有坍塌。要拆除这座无形的墙，需要世人的共同努力。解决这一问题的最好方法，正如鲁迅先生所言，"莫过于文艺"了。

2018/01/02

---

[1] 欧洲文明的另外两大来源是古希腊文明和基督教文明，请参阅约翰·赫斯特著《极简欧洲史》。

凡尔赛宫内的思考

阅读人类文明史和《黑格尔历史哲学》后,我总有一种朦胧的感觉:风水轮流转,即将到中华。

每个民族、每个国家,都有其辉煌的时代。如果说13—14世纪是意大利的,15—16世纪是西班牙的,17—18世纪是法国的,19世纪是英国的,20世纪是美国的,那么,21世纪或将是中华民族的。

在世界近现代史上,法国在欧洲乃至世界曾经扮演着重要角色,尤其在17—18世纪。经过启蒙运动洗礼的法兰西民族,曾经引领世界潮流。这不得不提到法国波旁王朝。从路易十三世开始,法国就逐渐走上欧洲文明的核心地位。

历史上,法兰西民族出现过许多文化巨匠,如加尔文、蒙田、伏尔泰、狄德罗、雨果、司汤达、巴尔扎克和萨特等思想大家和文化大家。法国曾经引导过世界思想潮流。

法国也曾引导世界的时尚潮流。这不得不提及法国波旁王朝。从路易十三到路易十六时期,法国巴黎成了世界时尚之都,凡尔赛宫发挥了重要引领作用。路易十四在皇宫内指点江山、运筹帷幄。他经常举办名目繁多的酒会、派对活动。大臣们对此趋之若鹜，都以参加此类活动为荣。路易十五和路易十六步其后尘。凡尔赛成为欧洲的政治中心和文化中心。就连俄罗斯和日本等国，后来都派人到欧洲，尤其法国学习。俄国彼得大帝年轻时曾经化装成平民到欧洲考察学习，回国后效仿法国，不留胡须，穿欧洲人的服饰，以讲法语为高雅；日本第一任首相伊藤博文也隐瞒身份、混在留学生中，到欧洲学习考察，其中包括法国。可以毫不夸张地说，18世纪是法国世纪。

益格鲁-撒克逊人和后来的英国人，一直是对岸的法兰西人和日耳曼人的竞争对手。他们之间不停地你争我夺、相互打杀，直到当下，还在勾心斗角。但是，凭借着工业革命成果，英国在19世纪占了上风，登上世纪霸主地位，成了世界的核心。可以说，19世纪是大英帝国的世纪。

然而，国无千年好，花无百日红。大英帝国的"日"终于落下去了。继之而起的，是大洋彼岸的美国。经过两百多年的发展，尤其经历了两次世界大战的投机，当然也有美国人民的励精图治，美国终于取代了英国，登上世界霸主地位。如果说，20世纪是美国的世纪，这是无人反对的。

到了20世纪末，尤其经历了海湾战争、阿富汗战争、伊拉克战争、利比亚战争等多次战争，美国虽然表面取胜，但却元气大伤；加之其内在的各种难以调和的矛盾，美国现已风光不再，出现衰老迹象。其主导世界、称霸世界，已力不从心。美国退出联合国教科文组织、世界卫生组织、修建美墨边境隔离墙等，就是其凋敝和缺乏自信的真实写照。

风水轮流转，即将到中华。与衰败、凋敝和收缩的"山姆大叔"相比，中华民族正在走向伟大的复兴。北京奥运会、上海世博会、二十国集团领导人杭州峰会，尤其是中国倡导的共建"人类命运共同体"理念和"一带一路"建设，以及亚投行的创建等，无不显示出中国的勃勃生机和青春活力，中国已经走近世界舞台中央。各种征兆与迹象表明：21世纪将是中国的世纪，将迎来中华民族的伟大复兴。

我们有足够的信心和充分理由说：风水轮流转，即将到中华。

2018/01/10

漫话德国人的民族性

德意志民族确实是个伟大的民族，对人类文明贡献多多。当然，若误入歧途，这个民族的破坏力和杀伤力也非同小可。

每个民族都有其特殊的民族性。一个民族除去人类所享有的共性以外，剩余的就是该民族的民族性。一个民族之所以区别于其他民族，主要是由于其特有的民族性。这次"欧洲文化之旅[1]"，我一直在想：德国人的民族性究竟是什么？有哪些值得国人效仿与学习的？

据我的观察、思考和与导游的切磋及往日阅读和"道听途说"等，我觉得德国人的民族性，似可归纳为以下几点：哲学思辨、做事严谨、讲究条理、吃苦耐劳、遵纪守法、工匠精神。

哲学思辨。在近现代史上，德意志民族产生了许多大哲学家和大思想家：马丁·路德、康德、黑格尔、马克思、尼采、叔本华、歌德和莱布尼茨等人。可这样继续数下去，至少还可以列举出十

---

[1] 2018年元月，本人和妻子做了一次欧洲旅行，共游览了德国、法国、意大利、瑞士、荷兰和比利时六国，参访上述国家的文化景区和文化建筑；我们将此次参访称为"欧洲文化之旅"。

几，乃至几十位。他们都长于哲学思辨。这些人都是各门学说的原创者和开拓者啊！

做事严谨。德国人一向以做事严谨闻名。据一位长期在德国生活的朋友说，德国家庭厨房配有各种器具，简直像个实验室。他们做饭时放作料，要用器皿或天平来称重量，绝不会有中国厨师那样"盐少许""白糖一勺"和"大葱数段儿"之类的不确定性语言。再如，假若工厂规定车工被要求一个零件锉50下，他会按照规定办，绝不会锉49下，也不会锉51下。

讲究条理。德国人做事讲究条理也是出了名的。有人曾把美国人、中国人和德国人的做事方法做了个比较。假如一根针丢在大会议厅里，要求美国人、中国人和德国人各想办法，在规定的时间内找到这根针。美国人会开动机器寻找，中国人会发动一班小学生寻找，而德国人则会把大厅分成若干方格并编上号码，然后按照每个方格来寻找。这虽为调侃，但足以看出德国人的条理性了。

吃苦耐劳。德国人是肯于吃苦的。多年前，希腊发生经济危机，民众上街游行闹事，抗议政府降低生活标准，强烈要求政府确保国民的生活待遇不变。他们既不想降低生活标准，又不愿意付出辛勤劳动，只是寻求欧盟或他国援助。一位德国政治家对希腊人说："你们难道就不能早起晚睡、努力工作，自己创造财富吗？"早起晚睡、吃苦耐劳，或许就是德国人的信条。

遵纪守法。对德国人的遵纪守法，我早有耳闻。听一位友人说，假如政府号召百姓在阳台上养花，很少有不养的。假若有人不养，不用政府出面，左邻右舍就会动员他养花，甚至会买花送给那个不养者。旅行途中发生的一件小事，也很说明问题。在中途的加油站上厕所时，我发现上男士厕所的人少，几乎没有人，但去女厕的却排着长队。我顺口说了一句："这不公平，你们为什么不去男厕？！"一位女士笑了笑，也重复了一句"不公平"。但就是不动，仍在排队。我发现男厕里无人，出来后便用英语说道："你们为什么不借用一下男厕？"她们笑了笑，依旧不动。这事若发生在美国，男厕肯定会被女士们"占领"了。

工匠精神。现在国人大力提倡"工匠精神"，这很好。在世界诸多民族中，德国人恐怕是最具有"工匠精神"的。这是一个勇于开拓创新的民族，更是一个追求完美的民族。我曾经对德国驻韩国文化参赞说："许多中国人都喜欢德国产品。一看是德国生产的，就相信那一定是好的。"我认为这是事实。我在使馆曾开过多国汽车，美国车、日本车和德国车都开过。最后的结论是：德国车最好，经久耐用、安全可靠。这既是由于德国汽车的科技含量高、制作材料好，更是由于德国人的"工匠精神"所致。

当然，这些特性其他民族不能说完全没有，但是我觉得它们在德国人身上体现得淋漓尽致。

2018/01/03

曼妙温婉的威尼斯

生命离不开水。水，成就了人类文明。幼发拉底河和底格里斯河孕育了古巴比伦文明，尼罗河养育了古埃及文明，印度河和恒河培育了印度文明，黄河与长江是中华文明的摇篮，古希腊文明是被水滋养大的。无怪乎中国先贤老子说"上善若水"、孔子说"智者乐水"呢！

当您游览威尼斯时，您会禁不住对水发出感慨，产生别样的柔情。威尼斯因水而美，美得令人心动，美得让人陶醉。水，成就了威尼斯；威尼斯，也弘扬了水。

美，不尽相同。有青春之美、成熟之美、朴素之美、华贵之美、阳刚之美，也有柔情之美。我观威尼斯有"四美"：柔情之美、华贵之美、自信之美和人文之美。

柔情之美。在我们抵达威尼斯时，整座城市弥漫在晨雾中，仿佛面纱罩住容颜，给人一种神秘之感。虽已进入隆冬，但仍无寒意；海风吹来，使人通体清爽。上午时分，岛上大部分陆地被倒灌的海水淹没，广场上的海水有没膝的深度。这是威尼斯以似水的柔情欢迎东方来客。

华贵之美。下午时分，海水退却，阳光照耀下的城市，展露其美貌芳容。整座城市给人以雄浑与庄重之感。这时的威尼斯，仿佛一位成熟的贵妇人，给人一种雍容华贵的美感。

自信之美。当乘坐贡多拉小船穿越大街小巷时，我们才发现其千年的沧桑。锈迹斑斑的铁窗、破旧磨损的砖墙，向游人诉说着古老的故事。没有任何伪装，亦无人为的修饰，城市保持着古风古貌。这是威尼斯的自信之美。

人文之美。威尼斯之美，主要美在其丰富的人文内涵。不同文化层次的游客，会有不同的游历感受。知其历史的人，脑海里会浮现出威尼斯先民抵御外族入侵并与敌人水战时的情景；懂得艺术的游人，会被哥特式和巴洛克式艺术所倾倒；有宗教情结的人，或许会进入教堂祈祷、与先人对话。对于那些"到此一游"的人而言，也无非是"见景就拍照，上车就睡觉"罢了。这就是所谓的"仁者见仁，智者见智"吧？

2018/01/04

"有仙则名"的圣十字教堂

在意大利佛罗伦萨，有座外观拙朴而古老的教堂。它既无圣母百花大教堂那华丽的外表，也无圣彼得大教堂那恢宏的气势，但却名扬海内外，每年都吸引众多游客来此参观访问。这就是天主教方济各会教堂，为意大利哥特式建筑范例之一。这里长眠着意大利文艺复兴时期的代表人物但丁、米开朗琪罗、阿尔贝蒂、马基雅维利和伽利略等欧洲文化巨匠。因教堂内拥有上述名人的墓地、墓碑或牌位等，故被称作"意大利先贤祠"，俗称"圣十字教堂"。

该教堂始建于1294年，148年后，即1442年主体建筑的建设方完工。像这样耗时百余年，甚至数百年才建成的教堂，在欧洲还是蛮多的。圣彼得大教堂的建设，先后用了120年。虽然朝代不断更迭，主教频繁更替，但教堂的建设却不受影响。这是个很有趣的现象。此乃题外话。

在教堂门前，有一尊但丁石雕。教堂内设有但丁的衣冠冢。略知欧洲文明史的人，大都了解意大利诗人、《神曲》作者但丁。他是一位承前启后的文化人物。普遍认为，但丁的出现标志着中世纪的结束和文艺复兴的开始。他被视为意大利语言的奠基人，对意大利文化的发展做出过巨大的贡献。但令人遗憾的是，正当其年富力强时（55岁）便客死他乡。为表示对他的怀念之情，佛罗伦萨人在圣十字大教堂内设有但丁的衣冠冢。

这是公平的。但丁不仅属于佛罗伦萨（邦国）、意大利，也属于世界，其遗产是人类的共同财富。这里还长眠了我们熟知的天文学家伽利略、艺术大师米开朗琪罗、政治学及史学家马基雅维利，还有马可尼，以及稍后一些的罗西尼等270位名人。

此外，该教堂受世人瞩目的另一大原因是，这是方济各会的重要教堂之一。方济各会深受罗马天主教廷的赏识，曾派人到东方，包括中国传教。

到访佛罗伦萨，尤其想深度了解意大利和欧洲文艺复兴的人，圣十字大教堂是必访之地。这使我想起中国一句老话："山不在高，有仙则名；水不在深，有龙则灵！"难道不是吗？

2018/01/04

琉森湖畔的邂逅

瑞士是我们此次"欧洲文化之旅"的第三站。到了瑞士，不去少女峰就是最大缺憾。在游览少女峰之前，我们先来到琉森古镇。该镇因琉森湖而得名。这是瑞士的四大湖泊之一，也是唯一的完全属于自己的内陆湖。

琉森湖波平如镜，在阳光的映照下，显得微绿。湖上的天鹅，悠闲自得地游玩着，宛若欧洲人早年使用的鹅毛笔，在湖上写着大大的"鹅"字。偶有几只天鹅游上岸来，并高傲而自信地迈着"鹅步"，显得十分优雅、闲适。

如此近距离观看天鹅，在我有生以来尚属首次。我装作若无其事的样子，小心翼翼地靠近一只天鹅，想和它留个影。我表面上平静，可心里却紧张得很。一则怕它啄我，二则怕它跑掉。其实，紧张是多余的。这里的天鹅已长期与人类和睦相处，彼此互不侵犯、互不伤害。夫人给我抓拍了几张照片，留作纪念。这是此次瑞士之行的额外收获吧。

在我的心目中，天鹅是世界上最高雅、最纯洁、最神圣的生灵。它是上帝宠儿、天之骄子。据说，天鹅保持着严格的"终身伴侣制"。它们总是出双入对,永不分离。雌天鹅在产卵孵化时,雄天鹅会主动外出觅食,然后便在雌天鹅旁边守护。遇到敌害入侵时,它拍打翅膀上前迎敌,勇敢地与对方搏斗。它们不仅在繁殖期彼此互助,平时也恩爱有加。倘若一只天鹅遇有不测死掉,另一只则为之"守节",终生独身生活,绝不"再婚"。在这一点上,天鹅似乎比人类要专一、忠贞得多。

其实,许多时候人类还真不如禽兽。狮子、老虎想吃掉其他动物,就猛扑上去,张口就咬,痛快得很;而人类就不同啦,要想吃掉他人(国)之前,总会找些理由,编造许多借口。比如,指控某国拥有"大规模杀伤性武器"呀,诬称别国政府"违反人权"啦,甚至制造"国会纵火案"等,以此来消灭异己。这实在太虚伪、太险恶了。

我喜爱天鹅,尤其喜爱其纯洁无瑕、忠贞不渝、高贵优雅。

2018/01/16

塞纳河畔随想

大凡古老文明，都离不开大河，或曰，大河孕育了大文明。两河流域生发出古巴比伦文明，尼罗河孕育了古埃及文明，印度河和恒河产生了印度文明，黄河与长江则是中华文明的摇篮……

世界上有诸多河流总是与特定民族和特定文化相关联，反之亦然。一提到泰晤士河，就想到盎格鲁-撒克逊人和英国，莱茵河与日耳曼民族息息相关，台伯河见证了意大利的辉煌，易北河将欧洲东西分开，多瑙河与十多个欧洲国家难舍难分，顿河和伏尔加河与俄罗斯相连，亚马孙河流经巴西，密西西比河使人想起白人罪恶——贩卖黑奴，塞纳河使人联想到浪漫的法兰西……

一方水土养一方人。此次"欧洲文化之旅"的内容之一，就是尽可能多地考察相关国家的河流，借此加深对特定民族文化的了解。塞纳河是我此次自费访法的重点。乘船游览塞纳河，亲近塞纳河，零距离接触塞纳河，是我多年的梦想。我想从塞纳河里找到浪漫而多情的法兰西民族的文化基因。

然而，天公不作美。原定乘船游览塞纳河，因涨潮的河水漫到岸上，游艇无法穿过桥洞而取消。我先是生气抓狂，后是闷闷不乐，不再言语。见此情景，老伴儿决定取消参团购物，要陪我去游览塞纳河，令我叩谢再三，感激涕零。

　　当天的天气仍然阴晦，还有零星小雨。河岸边的游客不多，偶遇一两个跑步的。我和夫人静静地走在塞纳河畔，彼此话语不多，都在环视、都在观察、都在思考。夫人想啥，不得而知。我联想起这条河流曾经孕育的众多文化大师：人文学者和散文大家蒙田，还有伏尔泰、卢梭；著名作家雨果、司汤达和巴尔扎克；大画家米勒、雷诺阿、高更和塞尚等。他们都与塞纳河不无关系。

　　法国曾是欧洲启蒙运动的发源地，塞纳河畔的巴黎曾是欧洲，乃至全世界的文化中心。周恩来、邓小平和蔡畅等中国革命家曾到此勤工俭学，赵无极、朱德群和吴冠中等艺术大家曾来此深造，还可以列举出许多文明和文化往事……

　　我原以为塞纳河会像一位激情四射、浪漫开朗的女郎一样张开双臂，欢迎远方的来客。可她却如此的深沉而淡定，含蓄而从容。她宛若一位大家闺秀，静静地漫步在法兰西大地上……

　　其实，塞纳河本该如此，也应该如此。否则，她怎会孕育出如此众多的思想大家、文学大家和艺术大家？

　　塞纳河养育了无数位法国文化巨人，这些巨人又使得塞纳河名扬天下。

2018/01/10

"裸而不淫"的卢浮宫艺术

不同文化背景的人，有着不同的审美情趣和美的表现形式。东西方艺术在寻找美和表现美的问题上，各有异同。在传统的中国人眼里，"美在山水间"。画家要从大自然中寻找美、欣赏美、表现美，即使描绘人体，也极其含蓄，含而不裸。西方人通常从人体上发现美、表现美、讴歌美。西方人直白、袒露。艺术家表现人体美时，男女均可一丝不挂，赤裸裸的美。男子的肌肉和骨骼清晰可见，女子白皙而丰满的躯体袒露无遗。但优秀的艺术往往是"裸而不淫"的，西方的人体雕塑更是如此。卢浮宫内的断臂阿芙洛狄忒[1]"裸美"石雕，摆放在画廊中央，观众可从多角度观看、欣赏、拍照。这种"裸美"与中国的"春宫图"不同。前者使人肃然起敬，后者使人怦然心动，甚至产生非分之想。

东西方艺术在审美情趣和美的表现手法上，为何会有如此大的区别？我想主要有以下原因。

第一，东方（中国）长期处于封建社会，深受儒家文化影响。

---

1 阿芙洛狄忒，古希腊神话中掌管爱情和婚姻等的女神，即古罗马神话中的维纳斯。

妇女在儒家价值体系中地位低下，如"唯女子与小人为难养也，近之则不逊，远之则怨""女子无才便是德""男女授受不亲""三从四德"等。还有，中国传统上还有把美女视为"祸水"的看法等。这些都贬低了妇女的社会地位和作用。

第二，东方人深受道家文化影响。道家"寄情于山水间"，在大自然中寻找美、发现美、表现美。道家主张"人法地，地法天，天法道，道法自然"，认为大自然至高无上。艺术家表现自然之美，也就自然而然了。而且传统文化已经融入中国人的血液中和精神里。

第三，在西方的神话里，女子是美的化身。古希腊女神阿芙洛狄忒就是主管爱与美的。她出现在艺术作品中，总是一丝不挂、袒露无遗；正因其美，所以要袒露。

第四，表现人体美源于古希腊奥林匹克竞技会。古希腊奥运会只有男人参加，竞赛者全身是裸露的，用以展示肌肉的健美和骨骼强壮。所以古希腊人创作出许多裸体雕塑；古罗马人继承了这一传统，也创作了诸多的裸体雕塑，如《大卫》和《维纳斯》等。

第五，西方有过文艺复兴，又经历过启蒙运动。二者均提倡个性解放，大力倡导人文精神，表现人文思想和人文情怀。艺术表现人性、人体，以及一切与人相关的题材，这也就理所当然了。

此外，按照《圣经》的说法，上帝是按照自己的形象创造了世人。上帝是美的，因此人也是美的。展示人体美，也就是在赞美上帝。

若到西方寻找美、欣赏美，法国卢浮宫是个理想场所。

2018/01/09

孤寂的梵高博物馆

荷兰阿姆斯特丹，是我们这次"欧洲文化之旅"的最后一站。为了这次旅行，我准备了多年。是的，这样的文化之旅是需要做些准备的，尤其在思想与知识的积累上。

到荷兰不看梵高，等于白来。这就如同到埃及不看金字塔、到印度不看泰姬陵、到日本不看樱花一样。在我的心中，梵高就是一座金字塔，一座泰姬陵，也是那盛开的樱花。

近前情更怯，唯恐扰真人。我脚步轻轻、几乎屏住呼吸，走进梵高博物馆，生怕惊动这位沉睡的艺术大师。是的，我们不要打扰他、惊动他，因为他生前太孤独、太痛苦了。

梵高出生在荷兰一个小镇牧师家庭。童年时家境不好，他未受过良好的正规教育，也看不出有何超凡之处。他想做牧师，却不成器；到小店做学徒工，被炒鱿鱼。后来无意间学习绘画，他找到了感觉。于是便开始其贫穷、痛苦、磨难的绘画生涯。

其早期作品大都是描绘乡村生活的，农妇与农夫、麦田与小屋、鸟巢与墓地等，均为其创作题材。其作品色调暗淡，呈灰色。这可能与其当时的心境有关。这些作品根本无人问津。

后来，他辗转到了艺术之都巴黎。这里浓厚的艺术氛围使梵高兴奋，尤其是印象派绘画对其影响不小。在弟弟提奥的引见下，梵高认识了巴黎印象派画家，如劳特累克、高更、修拉、毕沙罗等人。在受到印象派影响后，梵高的画风发生了巨变，画面变得明朗起来。

　　两年后，梵高厌倦了巴黎的城市生活。他并不满足于印象派的表现手法和思想理念，而他独特的个性告诉人们：梵高的绘画不属于任何流派。于是他带着希望来到法国南部充满阳光的小城阿尔，迎来了他最辉煌的创作时期。在其一生中的最后十年间，梵高创作了近千幅油画和千余幅素描。其名画《向日葵》《星夜》和《自画像》等，就是在这个时期创作的。

　　然而，梵高仍是孤独与寂寞的，还是不被人理解，其画作仍然卖不出去。据说，其生前卖出的画作极其有限、屈指可数。何故？梵高响应心灵的呼唤，不媚俗、不趋势，绝不像当今的某些画家那样：啥赚钱就画啥。这绝非艺术！

　　梵高是不幸的。他生前是孤独与寂寞的，无人理解他，因为他是天才，站得更高、看得更远、想得更深。他走在同辈的前列，至少超前半个世纪。

　　也许正是由于梵高的不幸，成就了荷兰人，乃至世人的万幸，使得后人有幸欣赏到其绘画佳作。

　　梵高属于荷兰，更属于世界。

2018/01/12

德鲁兹人的婚礼仪式

要了解一个民族的风俗习惯，最好的办法就是参加该民族的婚礼仪式。婚礼仪式是一个民族数百年，乃至数千年的文化积淀。它好像民族的文化小百科，记录着该民族的宗教信仰、社会习俗、生活方式和心理习惯等，也反映出该民族的追求与向往。

怀着了解当地人风俗习惯和传统文化的心情，我和几位同事应邀来到了以色列北部山区的卡尔梅勒市。外界人称其为"市"，可当地人却亲昵地称其为"德鲁兹村"，因为该市的1.3万人口中，德鲁兹人占97%。如果把以色列的国土形状比作一把利剑，位于其最南端红海口城市埃拉特就是剑尖儿，而卡尔梅勒则是镶嵌在剑柄上的一颗珍珠。这是以色列政府和人民引以为骄傲和自豪的少数民族城市：风景优美秀丽，市容整洁干净，人民安居乐业，游客常年不断。

我们是应利亚·哈松先生之邀来到这座历史名城的。哈松是卡尔梅勒市政府秘书长，看上去50岁左右。他性格豪爽、热情好客，给人一种火辣辣的感觉。他有七个女儿。这次是大女儿结婚，小女儿尚在襁褓中。我戏称他有"七朵金花"。他开始不解，后来便开怀大笑，笑得那么开心、那么灿烂、那么坦诚。他欣然接受了我送他女儿的绰号，连连称道，"七朵金花，七朵金花"。

按照德鲁兹人的习俗，青年人结婚往往要举行两次仪式。一次是订婚仪式——"阿卡德"，另一次是结婚仪式——"扎瓦格"。两者之间相隔数月，也可相隔一两年，乃至两三年。在订婚仪式上，男女双方家庭谈定结婚条件，各请一位德高望重的族长作为双方的代表，再请一位有威望的宗教长老——伊玛姆，主持订婚仪式。男女双方的亲朋好友和村镇上的头面人物等也应邀参加订婚仪式，做证婚人。订婚仪式开始后，男女双方的代表相对坐在长老面前。两人右手相握，放在长老面前的小茶桌上，手臂上盖一块绣花布巾。长老高声朗诵一段经文。据一位懂得阿拉伯语的同事告诉我说，这段经文的大意是：禀告阿拉，某某男女双方愿意结成终身伴侣，请阿拉恩准并成全两人。然后，长老问两位族长："你们也同意两个孩子结婚吗？"回答当然是肯定的。长老便高声地向在场众人问道："他们都同意两个孩子结亲，你们听见了吗？"在场的见证人便大声回答："听见了！"然后，由两位族长和长老共同签字，最后再由男女青年签字。人们鼓掌表示祝贺。

签字仪式结束后，立刻有人给长老和订婚见证人送上糖果和点心。这些食物必须是甜的，象征着婚后生活美满，甜甜蜜蜜。德鲁兹作家萨米赫·纳图尔告诉我说，在签字仪式后，男女双方的夫妻关系便正式固定下来。两人此后便被双方看作是家庭成员，从此便公开交往，但仍不能同居。长老的签字具有法律效力，但只有那些被授权的长老才能主持婚礼仪式，他们的签字才有效。长老是宗教领袖，在人们心中享有崇高地位和威望。通常按社区的人数多少来设定可以签字的长老人数。卡尔梅勒市共有五位能够主持婚礼仪式的长老。在旱季,村镇上有时一天有几对青年订婚或结婚。与其他阿拉伯人不同,德鲁兹的女人可以主动提出离婚;解除婚姻后,男女均可再另寻伴侣。

订婚仪式通常分两处举行。一处是长老主持签字仪式的地方,这里全是男宾客。另一处是女宾客聚集的地方,新郎和新娘在这里接受人们的祝福。因为是远道而来的中国客人,热情好客的主人破例地把我们带到女宾客聚集的地方见一见新娘和新郎。他们身穿礼服,站在一个铺有地毯的高台上,接受人们的祝福和礼物。新郎28岁,中等身材,眉清目秀,洒脱自然。新娘23岁,尚在大学读书。她亭亭玉立,风姿绰约,眉宇间略带几分羞涩。

同中国人的婚礼一样,德鲁兹人结婚也有"随礼"的习俗。礼品大都是金银首饰之类,间或有送钱的。送礼人按照先后顺序走上高台,把礼品当众打开,然后戴在新娘的脖子上、手腕上,或者挂在胸前,也有把百元美钞用针插在新娘胸襟上的。我们还看到一位男士把一沓钞票放在手掌上,在同新娘家长握手的一瞬间,把钞票送给对方。送过礼后便和新郎新娘拥抱一下,并且合影留念。此后,主人便请村镇上的头面人物和远道而来的客人用餐。

在订婚后,男女双方的主要任务是修建房屋、购置家具、准备嫁妆等。建房的任务通常是由男方家庭来负责,所需费用由两家分摊。房屋建成后,双方便择定结婚日期。

结婚不仅是男女青年和双方家庭的大事,也是全村镇百姓的喜庆日子。德鲁兹人称婚礼为"扎瓦格",通常要延续三天,全村镇的人都要参加,并且伴有歌舞等娱乐活动。"扎瓦格"从在新郎家举行的那顿晚宴开始。新娘则在自己的家里举办庆祝活动:

新娘的好友聚集在一起为她唱歌跳舞，表示祝贺，直到深夜才肯离去。第二天，新婚夫妇搬进自己的新居。在进门之前，要在门框上粘一块生面团——哈米拉赫。这象征夫妻恩爱情长、百年好合。第三天叫作"约姆·阿尔·库柏赫"。新郎和新娘的朋友再到新居来向新婚夫妇表示祝贺。人们离去后，婚礼才算正式结束。

德鲁兹是阿拉伯民族的一个分支，是一千多年前在埃及形成的一个独特的教派。据史料记载，德鲁兹人相继在公元11世纪、17世纪和近三百年间来到了当代以色列这块土地上定居。据称，全世界共有150万德鲁兹人，大都生活在中东地区。以色列约有10万德鲁兹人，分别居住在以色列北部的22个村镇。德鲁兹人大都聚族而居，一般不同外人结婚。按照德鲁兹宗教教规，父母若有一方是外族人，其子女就不再被看作是德鲁兹人了。

德鲁兹是个热情好客、性格豪爽、爱憎分明，有着鲜明文化传统和风俗习惯的民族。粗犷的外表下掩藏着一颗赤诚而炽热的心。从利亚·哈松女儿的订婚仪式上，我深深地感受到了这一点。衷心地祝愿这对青年人婚后生活幸福美满。

贝都因人的习俗

贝都因是阿拉伯民族的一个分支。"贝都因"一词原意为"逐水草而居的民族"。贝都因是个游牧民族，以放牧、狩猎和捕鱼以及小手工艺品制作等为生。骆驼是他们的亲密伙伴和主要交通工具。以色列有7万多贝都因人，约占全国阿拉伯人口的10%。这7万人分属于30多个部落，其中大都散居在以色列南部广袤的沙漠与丘陵地带。

到以色列工作后不久的一个周末，我和同事在参观以色列的"大峡谷"时，发现不远处的山坳里立着一座帐篷，那是贝都因人的家。我们走近帐篷，与主人打招呼。听说我们来自中国，主人热情相迎，邀请我们进入帐篷，两杯热腾腾的咖啡随即送到我们手里。帐篷内生着炉火，几个贝都因人围在炉旁，似乎在聊天，又像是在辩论，十分专注。他们时而争论得面红耳赤，时而发出爽朗的笑声。我不懂阿拉伯语，因而感到迷惑不解。会说阿拉伯语的同事向我解释说，他们正在谈诗。"谈诗？"我惊愕地问道，唯恐听错了。"是的，他们是在诵诗、谈诗；谈论的是诗的内容和形式……"

我有点不敢相信自己的耳朵。在这荒漠上，他们生活是那么贫乏单调，环境是那么恶劣艰苦，但竟然有如此雅兴！同事又说："他们朗诵的诗歌大都是口头流传下来的，也有当代人创作的。"

这是我与贝都因人一次较深的接触。前不久，我应以色列土巴－桑加利市市长之邀，参加该市的贝都因民俗节，主人请我喝咖啡，说是让我体验贝都因人喝咖啡的全过程。贝都因人喝咖啡一般不加奶和糖，也不吃小点心。他们先把咖啡豆放在火盆上烘干，然后放在罐子内捣成粉末。捣罐和捣棒精巧别致，刻有各种花纹图形。捣咖啡豆是个欢快的劳动过程。捣棒和捣罐清脆的碰撞声伴随着竹笛声和欢声笑语，使人感到这不是在劳作，而是在进行艺术创作。见我对此颇感兴趣，男主人邀请我捣咖啡豆，亲自感受一下。捣豆的节奏要即兴发挥，只要与笛声合拍即可。咖啡豆捣碎后，放在长颈壶内水煮，最好是用炭火，这样煮出来的咖啡才香气袭人。他们喝咖啡用的杯子如同儿童的拳头大小，纯白色，如同中国人用的大酒盅。喝咖啡往往不倒满，只倒大半杯，一口喝干。喝咖啡时通常要伴有"芭芭拉"笛声，极富情调。

咖啡是贝都因人生活中不可或缺的一部分。在家里待客要喝咖啡，在外谈生意要喝咖啡，在红白喜事上也要喝咖啡。谈生意时通常要喝三巡。第一杯咖啡叫"阿哈兰·瓦萨哈兰"，即打招呼并表示欢迎；第二杯叫"阿拉·克亥夫"，意为欣赏品尝，喝头两杯时是不宜谈生意的；第三杯叫"阿拉·瑟夫"，往往在宾主谈起生意时才喝。生意谈成了，这第三杯意味着握手祝贺；生意谈不成，则如中国俗话所说，"买卖不成仁义在"。

一位贝都因朋友告诉我，贝都因人在红白喜事上要喝咖啡。在葬礼后，只喝半杯不加糖的苦咖啡，寓意痛苦和悲哀。在结婚仪式上，要喝加糖和香料的咖啡，象征着婚姻的美满甜蜜。

独具魅力的韩国江陵端午祭

中华民族过"端午节",大韩民族过"端午祭"。二者虽相似相近,但绝非等同。究竟有何异同,两国的很多国民并非全然清楚。过了大半辈子的端午节后,我很想过一次韩国端午祭,亲自体验一下有何感受,考察一下二者有何异同。

2009年我有幸被派往中国驻韩国使馆工作。抵达后的第二周即逢江陵"端午祭",并收到活动主办单位的邀请,由此得以赴韩国江陵市做一次文化考察。

江陵市位于韩国东北地区的江原道,东临大海,西傍太白山脉,总面积1040平方公里,人口约30万,风景秀丽、民风淳朴。在江陵端午祭"申遗"(申请世界非物质文化遗产)之前,江陵还是个名不见经传、鲜为人知的小城。2005年"申遗"成功后,游客逐年增加。毋庸置疑,端午祭带动了旅游业,旅游业促进了旅馆业、饮食业、商品零售业和文化产业,继而推动了地方经济的发展。在端午祭期间,南大川两岸开设众多大棚,遍布零售摊点和风味小吃,游人如织、观者如潮,从人们脸上洋溢的喜悦便可得知——过节了!

江陵端午祭与中国的端午节相比，可谓同中有异，但异大于同。相同的是：两国的端午活动均在农历五月初五前后，均是为纪念自己民族的先贤而举办的民俗活动。不同的是：中国纪念的是屈原，韩国纪念的是国师城隍；中国节期较短，仅有数日，而韩国的节期较长，长达一月之久；中国端午节有插艾蒿、挂菖蒲、吃粽子、饮雄黄、戴荷包、挂彩缕、划龙舟、纪念屈原等活动，而端午祭则更多融入大韩民族传统竞技和娱乐项目，如举办韩式摔跤、投壶赛、荡秋千、跳跷跷板赛、农乐表演和假面具演出等。江陵端午祭是东亚"汉字文化圈"的一种文化现象。端午节虽起源于中国，但在漫长的历史流传和国际交往中，日渐被周边国家和民族吸纳和异化，并逐渐形成了独特的节俗。追溯韩国江陵端午祭的肇端，中国文化的影响是显而易见的。韩国典籍多有"端午"记载，而其解释与中华民族观念相同，如韩国亦称农历五月初五为"重五""端阳""五月节"，但其"端午"的特有名词则是"上日"，意为"神日"。按习俗，此日要吃"艾子糕"，喝"益仁汁"，妇女要饮菖蒲汤或用其洗发并化"菖蒲妆"。士大夫家门柱贴朱砂符以辟邪，君臣间互赠端午扇以示祝贺。

江陵端午祭是当代韩国保存最完整的传统节俗之一。韩国许多地区都有端午祭习俗，但当代日渐消失，唯独江陵端午祭保存完好无缺。江陵端午祭仪式非常烦琐，从迎神的"前夜祭"开始，通常需要5个昼夜；若从"山神祭"起到"送神"止，则需要20多天；若从"谨酿神酒"算起，则需要一个月时间。

江陵端午祭通常以酿制神酒开始，农历四月五日，人们用江陵旧官府"七事堂"发放的大米和米曲酿制神酒，以备祭祀时敬神之用。四月十五日举行"大关岭山神祭"和"国师城隍祭"。

之后锯神木，上挂青红礼缎，在其引导下组成迎神行列，农历五月初三傍晚，回到江陵国师女城隍祠接受"奉安祭"。这也叫"前夜祭"。祭祀结束后，将大关岭山神和国师城隍牌位送往南大川露天祭场。从初四到初七，每日清晨举行"朝奠祭"。

江陵端午祭有"儒教祭仪"和"巫俗祭仪"之分。前者形式为奉读汉文祝祷词，内容涉及祛祸纳福、安康吉祥、农渔丰收、禽畜兴旺……儒祭后，在歌舞戏剧表演中再进行"巫俗祭仪"至深夜。后者主要是巫师表演，驱逐鬼蜮、祈求平安。

江陵端午祭除了指定祭礼，如谨酿神酒——送神仪式、巫祭、官奴假面戏、农乐竞赛、儿童农乐竞赛、鹤山奥道戴歌谣（均为地区或国家级的非物质文化遗产）外，还有众多民俗活动，如汉诗比赛、乡土民谣竞唱赛、全国时调竞唱赛、拔河赛、摔跤赛、射箭赛、投壶赛和荡秋千等；庆祝活动有烟火游戏、端午放灯等，夜间活动有国乐表演、伽琴并唱等。此外，还有称为"乱场"的商品交易。近年来，江陵端午祭还邀请外国民间艺术团参与艺术交流。我国朝鲜族艺术团多次应邀参加江陵端午祭活动。

江陵端午祭以端午节为契机，紧密结合大韩民族的宗教信仰和农时活动，满足民众的精神需求和审美需求。无论"儒教祭仪"还是"巫俗祭仪"，均属"原生态"文化。这也正是端午祭的历史价值、文化价值和美学价值所在，更是其被列入韩国，乃至世界非物质文化遗产的原因所在。江陵端午祭堪称大韩民族民俗文化的百科全书，囊括其古代与现代、传统与现实的丰富文化，使人仿佛置身于一条历史文化长河之中，这也是江陵端午祭吸引各界民众，经久不衰、日渐红火的主要缘由吧。

土耳其的咖啡记忆

有幸在土耳其常驻两年,这是我外交生涯的一大快事。土耳其远比我想象的要强得多。它拥有悠久历史和灿烂文化,特别是其西南海岸,那曾是古希腊和希腊化时期的主要文明场地,演绎了许多鲜活的故事。著名的特洛伊战争,就发生在土耳其西海岸;阿波罗神庙在其南海岸;后来的拜占庭、奥斯曼帝国及再后来的土耳其,也有许多不寻常故事。郁金香是由土耳其传到欧洲的;土耳其的美食和土耳其咖啡,更是让人食饮不忘,至今想起来还垂涎欲滴……

土耳其人彪悍粗犷,但喝起咖啡来倒是蛮斯文、蛮有情调的。土式咖啡味道纯正、浑厚、浓郁,些许苦涩中散发出诱人的香味。正如一则广告所言:"一杯土耳其咖啡,四十年的美好回忆。"

刚到土耳其常驻时,我去政府机关拜访。刚刚坐定,服务人员就会走上前来,礼貌地问道:"请问您喝茶,还是咖啡?"我通常选择土式咖啡。土耳其咖啡具很独特,小巧精致,杯子和托盘的印花图案大都镶有金边儿。

按照土耳其人习惯,拿起咖啡杯后不要急于喝,先用鼻子闻两下,深深吸上一口气,再回味一下,您自然会感到一股香气沁人心脾。您若对咖啡加以赞赏,主人会很高兴的。这既刺激了您的味觉、提起精神,又活跃了交谈气氛。无论多么严肃的话题,都可从品味土式咖啡、欣赏土耳其文化开始,轻松自然、富有情趣。

土耳其咖啡杯小巧玲珑,和中国老式大酒盅差不多,但要精致得多。土式咖啡很浓,喝后的渣滓几乎占杯子的三分之一。土耳其人常把喝过的咖啡杯反扣在托盘上,数秒钟后再翻过来拿在手中,观看咖啡渣留下的纹路与痕迹。据说可以从中算命。不过,我从来不算命。这倒并非因为我不信命,而是因为算好了高兴,算不好很影响情绪,何苦呢?

在一个国家常驻几年,总会留下一些美好的记忆。品味土式咖啡、欣赏土耳其文化,就是我对土耳其美好记忆的一部分。

2015/10/26

第三章
芸香小缀

当"阅读"成为一种习惯和生活方式,它自然就成为"悦读"了。

——沼荷——

读王蒙的《诗酒趁年华》

在自家的"王蒙小文库"里,又增添一本《诗酒趁年华——王蒙谈读书与写作》。这是近来读到的一本好书,由商务印书馆于2016年7月出版。书中详尽地介绍了作者的读书与写作生活。全书共收录文章12篇,大都是其演讲录。还有一篇"序",共计13篇。如果说此书"字字珠玑、篇篇佳作",未免有拍马屁之嫌。但这确实是我从头至尾、一段都未跳过阅读的作品之一。读罢闭目沉思,一个面带微笑,笑中带有几分狡黠和顽皮的王蒙,又出现在我的面前。

说这是一本"好书",未免太笼统、太宽泛了。具体一点说,我觉得王蒙的读书与写作有几个特点,不揣冒昧提出,就教于读者诸君。

首先,作者的阅读是相当宽泛的。王蒙既非毕业于北大、清华,更非剑桥、哈佛等名校。他就是一个高中生,甚至连高中都没有毕业就参加"革命"了,14岁加入中国共产党,典型的少年布尔什维克。在长期的革命生涯中,他争分夺秒,阅读了大量古今中外的书。没书读时,他就翻阅电话簿。他完全是自学成才的。我对该书内容做了个粗略统计。他在书中谈及的古今中外作家及书目达百余种。法国的伏尔泰、卢梭,德国的歌德、席勒,英国的多丽丝·莱辛、狄更斯、乔叟,意大利的但丁、亚米契斯,希腊的荷马、亚里士多德、柏拉图,印度的泰戈尔等,都是其阅读对象,更甭说俄国的托尔斯泰、普希金、陀思妥耶夫斯基、屠格涅夫和高尔基等文学大家了。对于中国作家及作品,则更是不胜枚举,此处从略。我认为王先生的阅读速度极快,记忆力超强。

对了,前不久有幸陪同王先生和夫人出访。我戴了一顶遮阳帽。王夫人说:"车参戴这顶帽子特别精神!"我随手摘下帽子就想戴在王先生头上,可就是戴不上,因为他的头太大。这时我本能地意识到:这或许就是王蒙与我们凡夫俗子的区别所在吧?

其次,王先生与时俱进。王蒙是个"时髦老帅哥"!先生接受能力超强,尤其对新事物的接受与理解,远非普通年轻人所及。早在20世纪90年代初,电脑在国内还不十分普及的时候,王蒙就用电脑写作,而且用的是"五笔字型"输入法!我着实叹息了一番。我心想,若作家们都用电脑写作,后代不就看不到他们的创作手稿了吗?中国现代文学馆还会再有作家新作的手稿吗?这可是一大损失啊!直到最近看到其45卷本、2000余万言的《王蒙文集》,我这才明白,当初他用电脑来写作,也不无道理。

细心读者会发现,在王蒙的作品中,总会有些新词汇、新潮流、新思想,甚至有网络常用语。这和有些国学大师的不上网、不用电脑、不用手机的"三不主义",截然不同。他不但"三用",而且都玩得很溜、很专业。对于一个年近耄耋的人来说,实在难能可贵。

再次,王蒙上接天下接地。其接地可学,接天不可学。新中国把作家捧得太高,称其为"灵魂工程师",号召作家要深入生活,和群众"打成一片"。王蒙则认为自己就是一位"群众",也从未离开过"生活"。他在新疆基层"锻炼"十六年，每天都和老乡摸爬滚打在一起。新疆的老乡亲切地称他"老王"。他了解社会，才能深刻反映社会。从新疆回京后也是如此，他一直就在群众中！但与一般作家不同的是，他做过一任共和国的文化部部长。这使他有机会和最上层人士接触。从部长职位退下后，他进入全国政协，并担任全国政协学习及文史委员会主任，是中央领导的"高参"，会得到一般作家得不到的信息。因此，他能深入了解、理解、认识、把握、跟上，甚至超越这个时代。

最后，真知灼见，无处不现。对于那些想读书、读好书，到处拜师寻友的人，与其跪下"拜师"，不如坐下来读王蒙。《诗酒趁年华——王蒙谈读书与写作》，就是"读书与写作入门"，也是"王蒙学入门"。当然，这绝不意味着按照他的读书轨迹走下去，就会再出现一个王蒙，因为王蒙的出现，有许多主客观原因。换句话说，读书成就了王蒙，时代造就了王蒙，二者缺一不可。但我敢说，这本书会使人在读书和做学问上少走弯路。王先生直截了当、单刀直入，在"序：读书三议"中谈到读书与看光盘的关系，认为浏览不等于阅读和要读点"费劲的书"。他不反对看光盘，但觉得看多了，也许会使人"犯傻"；他不反对浏览，"但浏览不等于阅读，更不等于苦读、攻读、精读"；他主张要读一点儿"费劲的书"和"不太习惯的书"。最后他语重心长地告诫读书人："不做懒汉，不做侏儒，用脑阅读！用心阅读！用阅读攀登精神的高峰！"

这是我阅读《诗酒趁年华——王蒙谈读书与写作》的体会，不知读者诸君读后有何感想？

2016/09/23

读钱理群的《风雨故人来》

读过多部名人谈如何读书的书。有古人写的,也有今人写的;有国人写的,也有洋人写的。其中虽不乏佳作,但多为隔靴搔痒,不得要领。

最近偶读北京大学文学教授钱理群先生的《风雨故人来——钱理群谈读书》,使我耳目一新,为之一振,不忍辍读。这是一部难得的畅谈读书的好书。好就好在——

这是一部可供多个群体阅读的书。

辑一,读书三讲。主要针对大学生和大学以上文化水平读者撰写的。谈其个人的读书体会,回答了诸如为何读书、如何读书以及读什么书等问题。他用当年王瑶教授指导学生、熏陶学生读书的例子,阐释如何读书的问题。他用英国人必读莎士比亚、德国人必读歌德、俄罗斯人必读托尔斯泰的例子说明,中国人必读老庄、孔孟、《楚辞》、《诗经》、唐诗和《红楼梦》等,当然还要阅读鲁迅等现当代文学大家的书。这些经验之谈大可借鉴,可使读书人少走弯路。这组文章虽然不多,只有三篇,都是在大学的讲演,但都是重量级文章。

辑二，青少年与读书。文章主要是针对中学生和青少年写的，如《中学生课外读物的编写》《用文学经典滋养下一代》和书评《高中生眼中的"经典"点评》，还有一篇和研究生谈读书的《沉潜十年》。这些文章读起来是那么亲切自然，仿佛一位长者、智者在炉边、在树下，和你促膝谈心。真正的"大师"往往让你感觉不到他是"大师"，而是一位好友、长者、智者。

辑三，漫说读书人。是谈及大师们如何读书的。例如，有谈周作人的《风雨故人来》，有谈鲁迅的《鲁迅的读书经验》《鲁迅三读》，有《民国那些读书人》，还有一篇描写"文革"时读书的文章，倍感亲切。它们唤起我的许多美好与苦涩的记忆……

辑四，杂谈读书。篇数虽然不多，但篇篇是其个人读书体会与经历，如《谨防上当》，描述自己是如何与鲁迅"结缘"的；讲述他如何拜访中国人民大学现代文学专家林志浩并受其指点的；谈到自己读姚文元的《鲁迅——中国文化革命的巨人》时的感受，以及这篇文章如何帮助他参加"批判会"，并在小组会上发言而"特别好使管用"的。可是，上大学重读鲁迅时，他才发现"那时"的鲁迅被简单化、庸俗化、实用化了，颇有受骗上当之感。

我对钱理群的关注，至少在十五年以前。当时购得一部由冰心主编，董乃斌和钱理群担任副主编的《彩色插图中国文学史》。该书线条清晰、重点突出、简明扼要，且有彩色照片相配，使人倍感亲切。这是继郑振铎主编的《插图本中国文学史》之后的又一部插图中国文学史佳作。此后，钱理群这名字就一直未跳出我的视野。我购买并阅读了他的几部作品，如《我的精神自传》《沧桑岁月》和《一路走来——钱理群自述》，还有这部《风雨故人来——钱理群谈读书》等。

有次我在北大参加活动，有幸结识了北大艺术学院院长王一川教授。我和他谈起钱理群教授。

"他是我的老师。"王院长肃然起敬地说。

"您是说钱理群是您的老师？！"我惊讶地问道。

"是的。他是我北大的老师。"他轻轻地回答。

"这么说，钱理群就是'大师中的大师'了？"我暗自思忖。

王一川是北大艺术学院院长，著名文学评论家，现在从事文艺美学的教学和研究工作。他是"长江学者"、享受国务院特殊津贴的学界"领头羊"。他本人就是一位大学者和文学大家。和王一川教授的简短对话使我更加崇敬钱理群教授。要想了解这位老先生，不如阅读一下《风雨故人来》吧。

2017/07/08

读余秋雨的《泥步修行》

工作之余或在睡前醒后时分，读余秋雨就是一种休闲、消遣、享受，也是一种"换换脑筋"。

自从20世纪90年代读到《文化苦旅》以来，我始终是秋雨的忠实读者。尽管听说其为"石一歌"成员、其文章"有许多硬伤"、其作品"为妓女所钟爱"、其"被离婚"多次，尽管听说其被骂为"天不怕，地不怕，就怕流氓有文化"等，这些都不影响我对秋雨文学作品的喜爱，对这位著名文化学者和作家的推崇与仰慕。但这些也终究只是"听说"而已。退一万步讲，就算以上的"听说"全部为真，那又怎样？我们不应因噎废食，更不应"因人废文"。

中国的文化传统历来是"因人废文"，即由于一个人的某些缺点、污点，乃至错误等，而导致对其作彻底否定。在中国文化史上，这样的例子实在太多、太多了。我更关注的是作家的文学与学术作品。

这些年来，每当余秋雨的新作问世，我总是毫不犹豫地买下，读了《霜冷长河》《山居笔记》《千年一叹》《行者无疆》《中国文脉》

《千年文化》《何谓文化》《山河之书》《中国戏剧史》《世界戏剧学》等，还有刚读完的其"封笔之作"《泥步修行》。

我先前曾经在一篇"书话"中说，有些书可以站着读，有些可躺着读，有些则要"正襟危坐"来读。对我而言，秋雨之书适合上述各种情况。也就是说，秋雨作品既可深读，亦可浅读，既可躺读，又可坐读。比如像《中国戏剧史》《世界戏剧学》《艺术创造学》等学术著作，是需要认真研读的。当然，像《行者无疆》和《千年一叹》之类的书，躺着读或站着读，均无不可。对于这类书，也不必太认真，不必拿着放大镜在书中寻找"硬伤"。

书归正传，现在说说《泥步修行》。秋雨说，这是其"封笔之作"，至少网上这么说。但愿这不是真的。他应该继续写下去，为了"中华文脉"的传承。

《泥步修行》是一部"修行"之书和"修养"之书，更是一部对中华传统文化的"梳理"之书。书的内容涉及儒家、道家、佛教，以及先秦诸子和诸家学派。许多高深莫测、混杂如麻的学说，经秋雨老师的梳理点评，便觉清明透彻、豁然开朗。

我发现秋雨先生有两大特点。一是能够从司空见惯的事物中发现他人难以发现的东西，并加以诠释；二是善于用最简明的语言文字，将纷繁复杂的事情说清楚。《泥步修行》中的"问道魏晋""群山问禅"如此，"参拜佛门""大道巍峨"亦然。还有"天理良知"的对朱熹、王阳明和曾国藩的分析、解读、梳理与概括，令人有拨云见日之感。

前不久，网上有个帖子，调查谁为"中国当代第一散文大家"。有推选杨朔的，有推选秦牧的，还有推选鲁迅的。我不假思索地推选余秋雨。杨朔、秦牧、刘白羽等，都是我极为推崇的当代散文大家，至今亦然。但就综合成就、文章风格、知识层面、文字典雅隽永等而言，秋雨要高出他人。鲁迅当属"现代文学"大家，不在调查统计之列。

我认为，秋雨是对太史公、陶渊明、魏晋风骨、唐宋八大家、桐城派、明清小品及五四新文化运动文脉的传承与播扬者。

"不识庐山真面目，只缘身在此山中。"相信后人及后人的后人，会对余秋雨看得更清楚。历史终将证明：余秋雨及其作品将成为后人撰写《中国文学史》或《中国文化史》中的重要章节。

2017/06/20

读余秋雨的《门孔》

因手头上的事太多,余秋雨的散文《门孔》买有半年了,也未曾读过。这在我是少见的。一般情况下,秋雨每有新书出版,我都是第一时间买下,且刻不容缓地读完。原因很简单:秋雨散文能够抓住我的心,使我不忍辍读。

昨晚稍稍忙完手头上的工作,我从"秋雨小文库"里取出《门孔》,准备夜里醒后读。一来缓解近期紧张工作的压力,二来催我睡眠。可谁承想情况恰恰相反,越读越兴奋,索性坐起身一直读到天亮。以前读巴金的《家》《春》《秋》和罗曼·罗兰的《约翰·克里斯朵夫》等,有过"越读越兴奋"的情形,真没有想到读秋雨散文也会如此!看来,今后的枕边书还真不能随便放,否则会影响睡眠的!

或许有人会问:"秋雨的书难道真有此魔力吗?"

答曰:"确实如此,至少对我是这样。"

《门孔》的前四篇写的是上海有代表性的"四大文化人"——谢晋、黄佐临、巴金、王元化。其中,第四篇是通过对王夫人——张可女士的描写,进而烘托出两位知识分子的心路历程和高贵品质。第一篇道出了谢晋如何在艰难环境下成为艺术大师的。儿子阿三每天从门孔（俗称"猫眼"）窥视门外、期盼爸爸回家，有"既守护门庭，又窥探神圣"的悲壮象征。第二篇是描述中国戏剧大家、上海人艺副院长黄佐临的。早在1962年，黄先生就归纳并提出了"世界三大表演体系"的概念（斯坦尼斯拉夫斯基、布莱希特、梅兰芳）。第三篇是描写百岁老人巴金的。一提起这些名字，就令人眼前一亮！唯独第四篇王元化和夫人张可，对我来说有点儿陌生。但一提起"胡风冤案"，也就联想起贾植芳和王元化等人了。

近两年间，我在思考一个问题：究竟是什么最能代表一个城市？是什么使得上海与北京不同？是什么使得天津和上海不同？又是什么使得相距很近的天津和北京各异？当然，有些是硬件不同。北京有故宫、天坛、颐和园，上海有外滩、南京路、亭子间，天津有杨柳青、狗不理，海河流经市区。这些都是"硬件"，明摆着的。但我认为，最能代表一座城市人文风貌的还是人，而不是物！现当代的北京之所以是北京，是因为有了老舍、侯宝林和汪曾祺等为代表的北京人；上海是因为其成就了以谢晋、巴金、余秋雨和陈逸飞等为代表的上海人；天津则是因为有了马三立、谢添和冯骥才等这样的文化大师。

"山不在高，有仙则名。"一座城是否在历史上留有文化坐标，城市建筑固然重要，但更为重要的是它是否孕育并产生了文化大师！一座城市外观建设得再好、再现代化、再国际化，但若没有走出一两位文化大家，也是苍白乏力、不具有吸引力的。

现在回到秋雨的《门孔》上来。该书属于余秋雨的"记忆文学"，已成为我的永久性藏书。

2018/05/01

读《冯骥才散文》

最近和冯骥才"干"上了。在读完其《俗世奇人》后，又购得一本《冯骥才散文》。

如果说读《俗世奇人》是为了消遣，那么读其散文则是品其人，读其神；如果说《俗世奇人》使我得出结论冯是"故事高手"，那么，其散文则让我了解到冯先生的文人情怀。

我过去阅读散文，多从文字优美与否衡量其高下。对我崇拜的当代散文大家，如杨朔、秦牧、袁鹰、林非、刘白羽、吴伯箫等人的散文，也多从其文字入手。这种欣赏实在是太肤浅、太幼稚了。现在看来，衡量一篇散文之优劣，不仅要看其文字，更要看其文字中表现的"情怀"与"韵味"。有情者，自成高格。我这里并非说我先前读过的散文没有情怀，而是说我太注重文字美，而忽略了文中表现的作家"情怀"。年逾花甲才悟出此道，可见我是个多么愚笨的人啊！

可以说，在整个《冯骥才散文》中，处处体现着作者的文人情怀。这里有亲情、友情、爱情、真情、温情，还有激情……正可谓一个"情"字了得！

这个集子收录了其57篇散文。可以毫不夸张地说，该书篇篇都是精品、页页读后都有收获。每一篇都舍不得"跳读"。

我很喜欢《书斋一日》。这是一首充满人生哲理的散文诗！

您听："时间是个载体，你给它制造什么，它就具有什么[1]。"浅显易懂的文字，却蕴藏着深刻的哲理。

您再听："历史不是过去时。历史依然鲜活地存在现实中，存在我们的生命中。"多富有哲理的话语呀！我怎么就说不出？我们每个人每时每刻都在撰写自己的历史，历史从未停止过！历史不是过去时，而是现在进行时！

在这57篇散文中，我最喜欢的还是《书桌》。作者通过对儿时用过的小书桌的描述，展现其心路历程。仿佛儿时的一切故事都是围绕着它发生的、展开的。它包含着作者儿时的欢声笑语、初恋的甜美，也蕴含着痛苦的回忆。他用"书桌"读书，也用它作画；初恋情人坐在上面发出银铃般的笑声；上面还刻有他发泄私愤的文字。朋友讥笑他爱恋过去，他却一笑置之。也就是这张破旧书桌，在地震时保护了家人免遭噩运……

冯骥才身材魁梧高大，可他却是那么心细，那么多情，那么多愁善感，简直就是一个"情种"！

在现当代作家中，有许多人是以写小说、杂文、诗歌"出道"的，是由搞文学创作走上文坛的。他们后来有的成为大学者，搞起研究来了，或者一边搞文艺创作，一边做学问、搞研究。郭沫若、闻一多是也，王蒙、冯骥才亦然。

冯骥才除了从事文学活动外，还有绘画。他同时把许多精力

---

1 详见《冯骥才散文》，冯骥才著，人民文学出版社，2005年5月第1版，第34页。

放在民俗学的研究上，把更多的时间放在古迹、古建筑的挖掘与保护上了。人们现在可能还感受不到其工作的真正意义，相信百年、千年后，我们的子孙后代会感谢这位"冯爷爷"或"爷爷的爷爷"的。

  思绪如脱缰野马，跑偏啦！回到正题《冯骥才散文》上来。

  我爱读散文，更爱读冯氏散文。我们虽从未谋面，但文如其人，他已经鲜活地站在我的面前：表情严肃、目视远方、忧国忧民、若有所思⋯⋯

2016/06

读冯骥才的《艺术家们》

冯骥才长篇小说新作《艺术家们》，是一部拾起便可读进，进去难以抽身、辍读不忍的好书。书中人物形象清晰可见，感伤基调使人沉浸其中，哲言隽语耐人寻味。这不仅是一部普通小说，更是一幅文坛百态图和艺术赏析篇的合成集；是文学大家、文人画家和文化学者的长篇力作；既可作为小说来读，又可作为艺术论著赏析。《艺术家们》好就好在——

首先，书中有画。作者在成为作家前，曾在天津书画社工作，已有很深艺术根基。他对西洋乐、民乐和民间文艺，都具有浓厚兴趣。自20世纪70年代中期的《义和拳》出版后，其文学创作便一发不可收。《神灯前传》《雕花烟斗》《三寸金莲》等，相继问世。这些及后来的文学作品，将其推向新时期的文学前沿。但他始终在绘画园地里耕耘，努力将绘画手法运用于文学上，也在画作中注入文学内涵。他将绘画笔法白描、工笔、泼墨和写意等，应用于文学创作中。他在《艺术家们》里，对画家余长水的描写颇有绘画韵味："……他不拘小节。拘小节者难成大家。他头发长长的，衣装随意，扣子总是一半没扣……这人记性差，做事粗糙，但对笔墨不可捉摸的精妙的变化悟性极高。"寥寥数笔，画家余长水的形象便跃然纸上。

其次，守住艺术底线。做人要有底线。无底线者，无异于禽兽。各行各业也都有底线。医生、商人和艺术家都有自己的底线。

《艺术家们》是围绕着"三剑客"，即三个文艺青年楚云天、洛夫和罗潜的艺术道路展开的。他们在"文革"中是美工和美院老师，物质生活虽然艰苦，但却过着"奢侈的精神生活"。常在一起欣赏贝多芬和"老柴"等的音乐唱片，在一起赏读塞尚画册，讨论契诃夫、屠格涅夫等作品。在那个特殊年代，能享此"奢华"的人不多。

改革开放后，对外交流日渐展开。"三剑客"中，洛夫最先"走出国门"。从美国参访回来后，他满脑子西方艺术，张口闭口就是现代派艺术。他随着文艺大潮起舞，简直成了弄潮儿：时而搞抽象艺术，时而搞装置艺术，后来又搞起行为艺术来，结果是江郎才尽，迷失方向、失去自我，抑郁而死。罗潜相对保守，仍沉浸于往日时光，不能自拔，结果失去前进动力和方向，被时代列车抛弃。

"三剑客"中云天最有才华，绘画水平高，文化底蕴深。面对开放大潮，他头脑清醒：既不因循守旧，也不崇洋媚外，既能继承发扬，又能吸纳创新。他始终恪守艺术底线，在艺术道路上稳步前行，终成大业。

再次，脉络清晰，不蔓不枝。小说情节始终围绕"三剑客"展开。三人因共同爱好，或曰"艺术信仰"，走到一起。在一起时只有一个话题：艺术。可谓"视艺如命"。后来因艺术理念分歧而渐行渐远。即便如此，作为"三剑客"之魂的楚云天，也仍珍视友情、竭力维持，试图将三人聚拢到一起，但已话不投机、兴味索然，只有好聚好散、分道扬镳。

"三剑客"三条路，清晰可见。他们后来各有自己的艺术圈子，各自生发出许多故事。洛夫追求时尚、浮华、虚妄，自我炒作，以求高价卖画。他最后坐吃山空、老本耗尽，无力回天。与洛夫相反的罗潜，仍沉浸在逝去的时光中，懒得突破、不愿改变，最后只得靠出售旧画生存。见此情景，云天派人暗自购得其几幅代表作，一来接济好友，二来保存好友珍品。

"三剑客"中，唯独云天头脑清醒。他"不为浮云遮望眼"，将艺术之根深深扎进中华大地，但也吸纳一切营养。不被艺术市场的乱象迷惑，执着于纯艺术创作，死守艺术底线，还在艺术理论上有大成就。

在小说人物中，云天妻子隋意是令人称颂的幕后英雄。她助力云天事业，为其承担家务、打点朋友，提醒他应做之事。她既是云天艺术的鉴赏者、批评者与呵护者，又是其生活和艺术上的良妻、益友和助手。云天曾两次感情出轨，对其打击甚大。第一次在好友罗潜与洛夫的帮助下，这对青梅竹马、门当户对夫妻重归于好。第二次出轨时，两位朋友均已离他而去。妻子隋意不辞而别，投奔远在法国留学的女儿。云天这时如梦初醒、痛苦欲绝！他突然记起罗潜的话："伤害了真心爱你的人，就是扑灭她心中的全部火焰，叫她的心变成一片死灰！"好在有懂事的女儿从中撮合，终使夫妻破镜重圆。

最后，哲言隽语频出。我读完后曾信手在书的扉页写道："冯骥才是位有才情的诗人。此书是部散文诗，也是诗的散文。《艺术家们》是一部艺术论著。作者借楚云天等人之口，道出其对艺术及艺坛现象的真知灼见。"例如："美与财富无关……美的敌人不一定是丑，还有俗……审美是一种修养，是没法说服人的。"再如："传统的画家都有很深的诗文修养，讲究触类旁通。可是现在太西方化了，专业分工太绝对，画家中的文人越来越少，文人画的传统发生断裂。绘画的文学性也愈来愈不被重视。"

在谈到艺坛乱象时，作者写道："当一片狂潮铺天盖地席卷而来时，关键看你是否站得住，你是否像一块石头那样有足够的重量使自己稳如泰山，有够粗够长的根脉深深扎在自己的土地里，抓住古往今来的文明根基，否则你一准会被这洪流卷去，灭顶于其中，成为一个时代不幸的牺牲品。"这段话虽先于洛夫的逝去，但却预示其悲惨结局。

像上面的哲言隽语和艺术高论，随处可见、俯拾皆是。说《艺术家们》是一部艺术论著，绝不为过。我要说，该书既可作为小说来看，亦可作为艺术论著和青年生活导读来读。有充分理由确信：该书定会载入中国文学史，乃至世界文学史册。

2021/02/12

读铁凝的《以蓄满泪水的双眼为耳》

铁凝散文集《以蓄满泪水的双眼为耳》是一部装帧考究、设计典雅的作品。全书共分3辑，31篇文章。第一辑多为作者的回忆录，第二辑为作者近年间出席各类文化活动的演讲录，第三辑为记者采访录和与友人对谈录。纵观全书，似可用友情、睿智、阳光三个词来概括。

友情。在第一辑文章中，有对日本友人井上靖、大江健三郎和泰国诗琳通公主的描述与回忆，有对师长与老前辈马识途和杨绛先生的追忆，有对师友徐光耀（《小兵张嘎》作者）、编辑张仲锷和同行贾大山等人交往的再现。辑内的文章无不充满一个"情"字：感情、温情、真情、友情。相对说来，作家，尤其是优秀作家，对人和社会的感知度与敏感度要大于普通人。他们大都感情丰富、思维敏捷、观察力强，能从一般性事物中感知到不一般的情愫。

睿智。第二辑文章包括其在法国、意大利、西班牙、韩国和日本举办的文学论坛上的讲话。这是一组清新隽永、充满睿智的文章。多年来，由于工作性质所致，我曾阅读、聆听，甚至起草过无数篇（次）领导的演讲稿，闭上眼睛就能想象出领导讲话时的表情和语调。

作为中央委员和正部级干部，铁凝虽然也是"高干"，但她骨子里还是小说家，讲故事是其强项。她的这些演讲大都是以"讲故事"开始，把观众带进故事里，把要讲述的思想和观点隐含在故事里，让听众自己领会与感受。这实在高明与睿智。

阳光。第三辑计4篇文章，均为作者接受记者的采访或者与友人的对谈录。我读铁凝，无论是其小说、散文、回忆录、演讲录，还是记者采访录，都有个很深的印象：此人非常阳光，就像一团火。

我常把作家分成两种类型，尽管这种分法可能过于简单和武断。一类属于鲁迅型，即把人和社会的污秽、邪恶和丑陋的一面揭露、撕开给人看，让它们暴露在阳光下晾晒杀菌，从而达到净化心灵、美化社会的作用。另一类是王蒙型，即展现人性的美、社会的美，进而引导人与社会走向真善美。应该说二者目的一致，方法各异。这叫作殊途同归吧？铁凝属于"王蒙型"作家。尽管我不排斥前者"鲁迅型"的，但我更喜欢后者"王蒙型"的作家。

在第三辑中，有一篇是关于其长篇小说《大浴女》的采访录。刚出版时，反响强烈，毁誉参半。但作者对反面意见却能从正面、积极的角度理解看待，这反映出作者达观的一面。

在铁凝出任中国作家协会主席之初，我曾经担心：中国是否多了一个官僚，少了一位优秀作家？从这部散文集来看，这种担心是多余的。

这个集子还有可圈可点之处。我尤其喜欢其装帧设计，怎一个"雅"字了得。书内附有许多插图，这是我最喜欢的。在我国现当代出版史上，有许多书籍装帧与插图大师，钱君陶、古元、黄永玉等是其中的佼佼者。早年读书，我往往会读有插图的。好的插图会给读者许多想象的空间。尽管此书中的插图多为先前出版的图书插图，有的似曾相识，但也能增加此书的美感，且使人联想起早年读书的情景。此外，书中还有一枚藏书章，这也是我极为喜欢的。

一本好书就是一件好的艺术品。《以蓄满泪水的双眼为耳》就是一件优秀的艺术品。

2016/09/28

读柳鸣九的《名士风流》

我把书简单而武断地分为三类：业务之书、修养之书和闲书。

业务之书，顾名思义，与一个人所从事的专业有关。我是从事中外文化交流工作的，凡与此相关的书即是我的"业务之书"，如周一良主编的《中外文化交流史》、沈福伟撰写的《中西文化交流史》和陈辛仁主编的《现代中外文化交流史略》等。这也是我"养家糊口的书"。

修养之书，是提高、开阔自己文化和文学修养、文化视野和文化品位的书。这些书对工作的帮助和自身修养的提高，未必立竿见影，是需要持之以恒、长期阅读积累的，例如《论语》《道德经》《圣经》《荷马史诗》《世界文明史》等。读这些书必须执着，要有毅力、长期坚持；阅读时亦须正襟危坐，备好工具书随时查阅。这就是王蒙先生所说的"费劲的书"吧。

闲书，通常是指那些与自己的专业和"饭碗"无直接联系，但又特别喜爱的，动不动就想"偷偷地"看上几眼的书，如《红楼梦》《野叟曝言》《唐宋传奇》等。对我而言，还包括一切有关中国现代文学的书籍，以及文坛掌故、名人逸事等。这是我从心眼儿里喜欢的书，又是那种沉溺进去难以自拔的书。看这种书必须时时警醒、随时抽身，否则容易误事儿。

中国社科院终身荣誉学部委员、外国文学研究所资深研究员、法国文化及文学研究大家柳鸣九先生撰写的《名士风流——二十世纪中国两代西学名家群像》，就是我的"闲书"。最近网上购得此书。打开书一看目录，便吸引我的眼球！仅书目出现的名字就振聋发聩：朱光潜、冯至、张岱年、何其芳、卞之琳、蔡仪、钱钟书、杨季康（杨绛）、李健吾等。这都是些什么人啊？这是"当代中国文化的构建者"，也是鲁迅所说的中国脊梁、文化脊梁的那批人！他们都是各自领域的"开疆破土者"，都是在所从事的领域取得显赫成就的人。朱光潜和蔡仪是当代中国的美学大家，尽管二人观点不同，但却相得益彰；冯至被鲁迅誉为"中国最杰出的抒情诗人"，是中国社科院外国文学研究所所长、杜甫研究专家、德国文化专家；何其芳是著名诗人、中国社科院文学研究所所长；卞之琳是诗人、莎士比亚专家，长期担任中国社科院外国文学研究所西方文学研究室主任；当然，钱钟书和杨绛是不能少的，他们几乎是家喻户晓的国学和西学大师；还有马寅初、李健吾、吕同六等人。

本书作者柳鸣九，长期在大师身边工作，对大师们有细微独到的观察和深刻的了解。大师们的喜怒哀乐、逸闻趣事、苦闷烦恼，跃然纸上。其生花妙笔有时令人开怀大笑，有时令人苦涩干笑，有时又令人带泪啼笑。他所描写的这一代人活得真苦、真累、真难啊！但或许正因为这些"苦、累、难"，才造就了这批中外文化大师。这是中国现当代文化史上的"一道靓丽的风景"吧？

《名士风流》堪称上述及更多文化大家的素描与画像。

读书人、爱书者、同道者，想知道梨子的滋味吗？那您就亲口尝一尝吧。

2018/12/10

读许渊冲的《山阴道上》

网上淘得《山阴道上》一书，作者是许渊冲。本想随便翻翻，有空再读。可这一翻，就占去我整个下午时间。这完全属于那种"看一眼就放不下的书"！

许渊冲这名字，四十年前我在北外读书时就熟悉。学习英语的人大都知晓许渊冲。他是名教授、大翻译家，1971年开始在中国人民解放军第一外国语学校任教，后来到北大教书。他编写过《文学与翻译》教材等。他在国内外出版中、法、英著译60余种，一位名副其实的翻译大家。

日前，在央视《2017开学第一课》看到董卿跪地采访这位96岁的大翻译家，也是看一眼就不想离开了。许老是性情中人。当他谈及当年爱慕林徽因、追求她并为她翻译爱情诗时，他居然老泪纵横。他真是太可爱了！

尼采曾对那些崇拜他、追随他的人说：要"成为你自己，你就是你自己！"他在强调人要有个性。个性把人与人区别开来，没有个性的人就如同羊群中的羊一样。许渊冲之所以是许渊冲，除了其学术成就之大以外，还因为他的个性质朴与率真吧。

回到《山阴道上》。这是许老的散文随笔选集,内容包括:翻译体会,如《罗曼·罗兰译话》《我译唐诗》和《我译〈西厢记〉》等;有对往事的追忆,如《名师风采》《追忆逝水年华》和《西南联大的师生》等;有对师友和同学的回忆,如《钱钟书先生和我》《杨振宁和我》和《怀念萧乾先生》等;还有代表性论文一篇《关于〈红与黑〉的翻译论战》。书末附有许先生自传和论著与译作目录。

这是一部融知识、文学、学术、名人逸事和文坛掌故等于一炉的综合性读物,是法国文学研究大家和翻译名家柳鸣九主编的"盗火者文丛"之一种。仅从书中谈到的人和事,您就知晓这套书的分量了:朱自清、闻一多、刘文典、陈梦家、冯友兰、叶公超、钱钟书,还有梅贻琦、梅光迪、吴宓等老师一辈的人;学生有杨振宁、才女张苏生、张定华(演过《原野》)、赵瑞蕻(翻译过《红与黑》)、杨静庐(翻译过《呼啸山庄》)、汪曾祺、李政道、邓稼先和朱光亚。这些名字如雷贯耳、振聋发聩!

许先生在书中几次谈到清华大学校长梅贻琦的那句名言,"所谓大学者,非谓有大楼之谓也,有大师之谓也"。当年的西南联大荟萃了清华、北大和南开三所大学的精英和大师。只有大师才能培育出后来成为大师的学生。杨振宁和李政道赴美留学,成为荣获诺贝尔物理学奖的首两位华人。杨振宁后来回忆说,西南联大是当时世界上最佳大学之一,其培养出来的学生在美国学生中绝对是一流水平的。

再回到《山阴道上》。"盗火者文丛"的书名,取自鲁迅先生的一个比喻。他把从事外国文化研究、翻译、介绍工作的人,称为普罗米修斯式的"盗火者"。该套丛书共计10种,其他9种是:

冯至的《白发生黑丝》、李健吾的《咀华与杂忆》、卞之琳的《漏室鸣》、梁宗岱的《诗情画意》、萧乾的《旅人行踪》、绿野的《寻芳草集》、高莽的《心灵的交颤》、蓝英年的《历史的喘息》和柳鸣九的《山上山下》。这套丛书，只看作者就让人着迷；翻开阅读，更让人爱不释手。

在西方文论中，散文（prose）、随笔（essay）和诗歌（poetry）一样，被视为艺术品类。这套"盗火者文丛"既是高水平的文学丛书、学术丛书，也是一套"艺术品"。欲知梨子滋味，还是自己亲口尝一尝吧。

2018/06/10

读黄永玉及其《无愁河的浪荡汉子》

黄永玉是我喜欢，不，是我最喜欢的老爷子之一。暂且不说其艺术成就如何，仅以其文学成就而论，他就足以傲视当代文坛，令许多"著名作家"难以望其项背。文如其人。读着他的作品，您会感到一个和蔼可亲的长者在和你聊天，高兴时便仰天大笑，愤怒时便金刚怒目。怎一个"真"字了得！

关于他的趣闻太多了。黄老爷子既耿直又幽默。不少人向其索画、求画、买画。人若对路子，他可能会主动送画，但是决不接受暗示索画，否则就自讨没趣。据说他售画时是不能讨价还价的。听朋友说，有一次他带个熟人去黄老画室买画。黄老爷子开价15万元。那位熟人嫌贵，于是就砍价。老爷子立刻改口要25万元，一分钱都不能少。那位熟人最终还是花25万元买下。

有一次，和丁绍光老师喝茶聊天，谈到黄老爷子的趣事儿。我说："听说黄老先生在写自传，写了40多万字才写到十几岁，这得猴年马月才能写完？"丁老师说："上次见面时，我建议他倒过来写，从现在往前写，写到哪算哪。"这引起大家一片笑声。有谁听说写自传是从后边往前写的？偶尔倒叙倒是有可能，但通常不会从后往前倒着写自传的！可话又说回来，对黄老而言没有不可能的事儿。其实，黄老先生是采取游戏人生的态度，自传是"写着玩儿的"。

一晃几年时间过去了。我有幸获赠黄老签名本自传体小说《无愁河的浪荡汉子》。读后才发现，小说的笔法看似很随意，其实取材严谨、细节真实、详略得当。文笔风趣幽默，颇有调侃味道。读着此书，您会不时地笑出声来，但可能是苦涩的笑，是含泪的笑。

黄老是位艺术大家。他采用绘画艺术手法来写这部自传体小说。虽然围绕作者本人的经历来写，但却反映出中国的一个时代。这是一部浓墨重彩的历史生活长卷，更是一幅多民族文化交融的边城风俗画。

全书于 2013 年 7 月由人民文学出版社出版。此书封面的设计十分考究，书内附有数十幅插图，一看便知出自艺术大家之手。书本身就是一件艺术品。书的扉页上还写有"开笔大吉·黄永玉藏书票 EX·LIBRIS"。像这样的有版画插图的书已有多年未见了。我读书常在书上写画，记录下自己的随感。唯独这部三卷本《无愁河的浪荡汉子》不敢动笔，唯恐玷污这件文学艺术品。

2016/10/09

品读陈从周的散文

在我的书斋里，有几本散文集，着实让人喜欢。我不时地拿出翻阅、把玩。这都不是一般专业作家的作品，而是某一行专家科研的"副产品"。如历史学家吴晗的《吴晗杂文选》、社会学家费孝通的《费孝通文化随笔》和建筑学家陈从周的散文集等。

陈从周教授是我最喜欢的"业余散文家"之一。其散文知识性强、文化底蕴深，颇有明清小品文之遗韵。陈从周是同济大学建筑学教授，与清华大学建筑学教授梁思成，是中国现当代建筑史上遥相辉映、熠熠发光的"双星"。

人们大都熟悉梁思成，而知晓陈从周教授的并不多。之所以如此，一是由于梁先生对中国建筑学的巨大贡献，二是由于他是梁启超之子，三是因其有位更出名、更为当代国人津津乐道的才女妻子——林徽因。

陈从周长于园林建筑，又擅长文、史，兼工诗词、绘画，对中华文化有深刻的理解。其代表作品有《说园》和《苏州园林》等。凡参观过纽约大都会博物馆的人，无不为"明轩"之巧妙构思和精美设计赞不绝口。这是陈教授主导下的苏州园林局部模制品，开创了中国园林输出海外之先河。

陈从周教授的专业著述《说园》和《苏州园林》暂且不论，现谈谈其专业之"副产品"——散文作品。陈教授至少撰写并出版了《帘青集》《书带集》《春苔集》《世缘集》等五部散文集。毫不夸张地说，这些集子本本是精品，册册为艺术。

谨以《帘青集》和《书带集》为例，做一简析。其书名就很有趣。前者取自唐代诗人刘禹锡《陋室铭》中的"苔痕上阶绿，草色入帘青"诗句。此书共收录其散文随笔120余篇，每篇文章大都在千余字内，最短的文章仅数十字而已。这些文章都与中国传统文化相关。如《轻风柔波》《水竹宜人》《水边思语》和《山谷清音》等，仅看标题就令人神往。读后如听空谷足音、林中响箭，令人销魂。还有其谈园林的《说"帘"》《说"屏"》和《说"影"》等短文，更令人咀嚼回味、吟咏再三。

陈从周教授在科研之余，写了不少杂文、随笔、小品。《帘青集》内容是兼而有之，于1987年由同济大学出版社出版，由著名数学家、教育家苏步青先生封面题字，冯其庸先生作序。我于20世纪90年代在北京潘家园旧书摊上淘得此书。

《书带集》取名于园林中一种极为普通的草名。虽曰"普通"，但园林里却离不开它。该书收录作者于新中国成立后所作的50多篇散文小品。如《说园（三、四、五）》《记徐志摩》《水乡的桥》和《泰山新议》等。这些文章大都是针对某一特定议题有感而发，从中不难看出陈老先生的国学与西学功底。封面由叶圣陶先生题字，由俞平伯先生作序。仅这两点就已看出该书的分量了。此书于1984年由花城出版社出版。我从孔夫子旧书网购得，连同快递费共计人民币15元。

陈从周、梁思成和费孝通等老一代中国知识分子，他们跨越新旧时代、出没于传统与当代、穿梭于东西方文化之间。他们既深谙中国文化，又熟悉西方文明。写起文章来，如天马行空、独往独来，又恰如庖丁解牛、游刃有余。

这类书籍放在床头，睡前醒后翻阅，着实令人愉悦，也使人心神安静。难道不是吗？

2017/02/22

读曹靖华的《花》

20世纪70年代,我在东北师大附中教书,月薪35元。每月除去伙食费所剩无几。即便如此,也还要省吃俭用剩点儿零钱订购《诗刊》和《人民文学》,或购买一两本文学书籍。周末最愿意去的地方是古旧书店。买到书与否并不重要,重要的是去书店走走,至少可以一饱眼福。囊中偶有零钱,购得一两本书,那是令人愉悦的。记得一次花费7角钱,购得曹靖华散文集《花》,高兴得很。可回学校的4分钱电车票都买不起了,只好徒步行走了近两小时才回到学校。食堂开饭时间已过,只好捧着《花》空腹读至半夜,喝碗白开水充饥入睡。

《花》给我留下的印象是深刻的。书中有作者对鲁迅和瞿秋白的回忆录,有对苏联作家的追忆和访苏观感,还有对祖国壮美山河的讴歌。整部《花》情感真挚,文字清新隽永,加上作者对祖国的拳拳之心和眷眷之情,令人难以忘怀。《罗汉岭前吊秋白》《取天火给人的人》和《不尽铁浪滚滚来》等,读后使人倍感亲切。

曹靖华是20世纪30年代"未名社"成员,从事文学创作和俄罗斯文学的译介工作,与鲁迅先生过从甚密。他曾受鲁迅之托,把先生翻译出版的《铁流》转送给原作者绥拉菲靡维奇。中华人民共和国成立后，他曾在北京大学教书，做过《世界文学》主编。他是个感情充沛、对革命事业富有激情的人。为响应"百花齐放，百家争鸣"的号召，他身体力行，努力写作。书名《花》，与其说是其爱花赏花的写照，毋宁说是践行"百花齐放"的尝试。该散文集篇什不多，总计仅25篇。但这个散文集在当代中国文学史上应拥有一席之地。撰写中国当代文学史若不谈及《花》、不包括曹靖华，那是令人遗憾的。

再把镜头拉回到20世纪70年代末。1978年我考入北京外国语学院。因进京上学行李过多，我把一箱书存放在原工作单位。因久未取走，那本《花》也不知所终，或许如同鲁迅先生所说的"明珠投暗"了，实在可惜！

年前有幸在北京潘家园旧书肆淘得《花》一本，颇有爱物失而复得和老友久别重逢之感。此书为1962年8月第1版，由作家出版社出版，小32开本。书的装帧设计十分考究。更令人欣喜的是，书中有版画家彦涵的四幅作品，这是难能可贵的。我为早期的图书出版点赞。现在有哪位名画家肯于"屈尊"，为图书作插图呢？近年来一幅画作每平方尺标价动辄就十几万元，又有谁"插"得起呀？不知这是出版事业的进步，还是悲哀。

2017/02/26

读刘白羽的《红玛瑙集》

少儿时的记忆是深刻的。不经意间碰到的人或读过的书,有时会终生难忘。我的初中语文老师窦志坚,就是我一生中最难以忘怀的人之一。她的音容笑貌、讲课时的声调,深深地镌刻在我的记忆中。

我于1968年升入初中,"文革"正在进行着。那个时期学校通常是上午上课,下午开展政治活动:召开班会或者举行批判会,再不就是学跳"忠字舞"。因此,学习是轻松的。下学回家也就无事可做。因求知欲特强,我就到处借书。

一天下午放学回家前,窦老师把我叫到办公室,拿出一本书,还用报纸包着,偷偷地塞给我:"你回去读一下这本书,看看感觉如何。看后就还给我,可别弄坏了!"

我把书拿回家,在煤油灯下打开一看,是《红玛瑙集》,作者是刘白羽。我借着昏暗的灯光读下去,一直读到鸡叫头一遍才上炕睡觉。第二天照常上学去。妈妈发现我的鼻孔被煤油灯熏黑了,批评我不该熬夜,尤其不该浪费"洋油"。

这本书我在手里存放了小一周时间,读了三遍后才还给窦老师。书中的名篇《日出》《灯火》和《红玛瑙》等，几乎能背得出。我很喜欢刘白羽那抒情而又明朗的散文风格。该书的装帧设计也古朴大方。封面是深红色的，书皮上还有许多图案；纸张呈黑黄色，而且有点儿粗糙，但质感甚好，拿在手里很舒服。书中还有些小插图，往往使人产生遐想。我简直被这本书征服了，写作文时也试着模仿。

参加工作以后，我仍然喜欢文学，尤其喜欢散文、杂文和诗歌。刘白羽的《红玛瑙集》一直在脑海中挥之不去，而且就是那本深红色封面、黄色纸张的。我曾多次在北京潘家园和琉璃厂的旧书肆寻找，但始终未果。最近，总算在孔夫子旧书网上淘得。那种高兴的心情是难以言表的。

该书是 1962 年 5 月由作家出版社出版的，小 32 开本；原价为 0.57 元，现在的网购价是 27.50 元。

《红玛瑙集》是我少年的记忆，更是我梦中的"文学情人"。

2017/02/16

读李瑛的《红柳集》

小学升初中那年，我从乡邻处借到一本李瑛诗集——《红柳集》。这可能是我接触到当代诗人的第一本诗集吧。回家后认真阅读，用了两天时间才看完，感觉不错。尤其诗人歌颂红柳那质朴、顽强、抗寒、耐旱，生命力极强的品格，深深地感染了我。我一直想了解红柳究竟长什么样，未能如愿。虽然不见红柳，但这并不影响我对其好感。我窃想，等长大后要像诗人李瑛那样参军去边疆，像红柳一样在艰苦地区工作与生活……

后来得知，李瑛不仅是军人，还是北京大学毕业生。这就更加赢得我对他的崇拜。《红柳集》之所以深深地印在我脑海里，不仅是书名和内容吸引我，其装帧设计也很考究，尤其喜欢书中的小插图。在每一首小诗结尾的空白处，总会印有个小木刻画补白，如胡杨、红柳、椰子或者海浪花等。总之，绝不让空白处浪费掉；也不在空白处植入另一首诗，以防止书的排版太满、太拥挤。我很欣赏早年图书装帧设计者钱君匋、古元、李焕民等人的设计和插图。记得鲁迅先生还对钱君匋先生的书籍装帧艺术赞扬有加。这本《红柳集》装帧设计者是赵志方，虽不是装帧大家，但书的设计也还别有情调。

  一转眼，半个世纪过去了。但我对《红柳集》的印象与感情有增无减，对红柳的"恋情"和探知心态依旧。我去过多地旅游，每每遇到一种特殊的树丛，我就问周边人，是否红柳，但知之者不多。

  日前，网上购得《红柳集》一本，是作家出版社 1963 年 9 月版，由中国著名诗人、文艺工作领导者张光年（光未然）作序。这勾起我对诗集的回忆，又引起我对红柳的兴趣。我立马上网查找红柳树照片。在诸多照片中选择一帧，保存留念。我还是希望有机会能够看到真实的红柳树。

  因《红柳集》引出这么多美好的回忆和上述闲话。这要感谢我青少年时代心中的偶像诗人——李瑛。

2017/02/23

读叶周的《文脉传承的践行者》

洛杉矶是个大码头,人才济济。稍不留意,您就可能与名人或"将门虎子",撞个满怀。那里的文学艺术人才尤多。

洛杉矶有两个"华文作家协会":一个是大陆作家会员居多,另一个是以台湾作家为主。我和两个协会都有过交往,且都保持良好的关系。会员每有新书出版,我常常会收到。几年下来,收到的赠书不下数十种。说实话,有些作品翻了翻就放在一边。但《文脉传承的践行者》是个例外。我不但认真读完了,而且还放在枕边,不时地翻阅。这是介绍我国早期文艺理论家以群(叶以群)的纪念文集。

现在的年轻人可能不太清楚以群是谁。他是新中国早期的一位著名文艺理论家,由他主编的《文学的基本原理》是"文革"前大学文科教材,是大学生的必读书,大学文科学生几乎无人不晓。它影响了几代人。

《文脉传承的践行者》的编撰者,就是叶以群的公子——叶周先生,洛杉矶华文作家协会会长。该书是"叶以群百年诞辰纪念文集"。书内收录了叶周对父亲的回忆录,还有周扬、于伶、周而复、罗荪、陈荒煤、刘白羽、艾明之、巴金、凤子、冯亦代等文艺大家和文艺界领导人撰写的回忆以群的文章。这些人的名字都如雷贯耳、振聋发聩。

叶以群是中国文艺界早期的领导者，"文化大革命"初期含冤去世，当时年仅55岁。他性情温和、洁身自好、为人厚道、办事公道、团结群众，深得总理的赏识。

叶周颇有父亲以群之遗风：温文尔雅、做事认真、办事公道、著述甚丰，被推选为北美洛杉矶华文作家协会会长。这个协会多为大陆人，但也有不少台湾同胞常来参加活动，可见叶周先生的人格魅力。

现回到《文脉传承的践行者》。这本书对于了解叶以群及文艺界情况和文坛掌故大有裨益。它是我的"核心藏书"之一，加盖了"车氏藏书"印章，放在我的"名人赠书柜"里珍藏。

我很珍视与叶周的友谊，更敬重将我领进文学园地的《文学的基本原理》的作者——叶以群先生。

2014/03/20

读范中汇的《黄镇传》

因查阅资料，从书架上翻出《将军·外交家·艺术家：黄镇传》(简称《黄镇传》)。打开一看，发现一份印有"人民大会堂"字样的《请柬》，还写有我的名字。这是文化部于2008年12月28日为纪念老部长黄镇同志一百周年诞辰而印发的，倍感亲切。该书的主笔是范中汇，原文化部部长黄镇的秘书，后来为原文化部外联局副局长和中国驻英国使馆公使衔参赞。

该书分上、下两卷，共有80万字，堪称一部"巨著"。本想找我最需要的内容跳着阅读，可没想到一读就抓住了我的眼球，一口气读下来，用了四天时间终于读完。

读后掩卷思之，一位活灵活现的老红军、老将军、老大使、老部长，出现在眼前；还有黄镇夫人，那位穿着旧军装、挽着袖子、梳着短发的朱霖和那位身穿旗袍、手捧鲜花的黄大使夫人朱霖，不时地浮现在脑海里。这一切都是那么可敬可爱，可圈可点。对此书真有点儿"相见恨晚"的感觉。

该书总共21章，全面而真实地记录了黄镇同志的一生：青少年时代、长征岁月、太行山时期、解放战争时期、将军大使时期，出使匈牙利、印度尼西亚、法国和美国华盛顿，执掌文化部、重建对外文委和退居二线后的工作与生活等。

读后，我在书的尾页上信手写了几句读后感："这不是一般的人物传记，而是一部内容翔实的新中国外交史料，展现了新中国第一代外交家——'将军大使'的风采；可读性强，文笔细腻、生动流畅，好书！"

书如其人。这部作品真实地记录了黄镇同志辉煌的一生，堪称是一部"信史"。书亦如作者。这部作品反映出作者文风：内容翔实、脉络清晰、繁简得当、朴实无华；作者多以事实为依据，描述了老部长黄镇的一生。作者长期在黄镇手下工作，内容可信度极强。

还有，该书妙趣横生，读起来令人辍读不忍、欲罢不能。比方说，新中国成立初期，中央政府选出十来位"将军大使"，有姬鹏飞、耿飚、黄镇等。这些将军及其夫人都是战争年代过来的人，让他们转换角色，容易吗？夫人由战士、干事、工作者，一夜间转变为大使夫人、贵妇人、贵太太，容易吗，习惯吗？有的夫人声称："我要留在国内搞建设，死也不当官太太！"有的夫人宁可离婚也不出国当"贵妇人"！

见此情况，黄镇私下和"将军大使"同事说："这些人都是从战争年代过来的，她们是说得出做得到的，我们得想个办法。"于是，他们报告了周恩来总理。周总理让邓颖超大姐出面，做夫人们的思想工作。邓大姐耐心细致地做说服工作："过去，你们随丈夫行军打仗是革命工作，现在随大使丈夫出国、做大使'太太'，也是革命工作嘛……"读起来，既觉得夫人们好笑，又觉得可亲、可爱、可敬。

还有，将军们在做大使前要进行实习。如何实习是好？于是便抓住外国大使向毛主席递交国书的机会，在屏风后面"偷看"外国使节是如何向毛主席递交国书的。这些描述生趣盎然，可读性很强。毛主席为什么决定第一批大使从将军中挑选？在大使们回国开会述职时，毛主席半开玩笑地说："我就知道，将军大使是不会跑掉的嘛！"这是针对当时有的国家大使出国后就跑掉了的情况而说的。

该书由外交部原部长、全国人大常委会原副委员长黄华同志作序，由中央文献出版社出版，2007年4月印刷，精装本，上下两卷共计866页。值得珍藏。

2019/01/10

中国的"游吟诗人"

谈起"游吟诗人",人们自然会联想起曾经活跃在欧洲中世纪的一个特殊文艺现象。有这样一个特殊阶层,他们凭借自己的智慧和表达能力,用诗歌形式杜撰出光怪陆离的故事到处吟唱,并以此为业。他们有时还会被邀请到贵族府邸,给贵夫人、小姐和家中仆人演唱,以此活跃文化生活。运气好时,他们可以获得相当丰厚的赏金。

我要谈的当然不是这群艺人,而是一位曾经常驻欧洲,并周游欧洲列国的中国文化外交官。

四十多年前,他和未来的妻子不时地相约在未名湖畔或博雅塔下。此后,他们便从那里走进了中国文化部,继而双双跨出国门,投入到祖国的文化外交事业中来。

在海外期间,他曾经和夫人漫步在维也纳森林,"凝视五月树,和树下的眼睛";观赏巴伐利亚"圣洁的雪";品味柏林的咖啡、畅饮德国的啤酒,或看"云朵,掉进咖啡杯里";聆听马斯奈的《沉思曲》、贝多芬的《田园交响曲》或《英雄交响曲》……

当然,他们决不囿于常驻国家,也不局限于和当代人交往。

他会穿越时空,"与拿破仑视频聊天";与"柏林的好人"、戏剧大师——布莱希特对话;他还神游并《告别英国》,在雾霾里观赏"更遥远的地方";驻足观赏被歌德誉为"欧洲最美的城市"的布拉格,从桥上俯瞰伏尔塔瓦湍急的河水。这一切都令其心旷神怡,同时,也成为其创作"游吟诗"的素材。

外交官在国际舞台上,类似于"表演";将回国休假比作"充电"。这位中国"游吟诗人"回国休假,也不忘云游祖国的名山大川:秦皇岛外的渔船、长城脚下的芙蕖、普陀山上的栈道、寒山寺的钟声、北戴河的清晨,还有故乡的明月与乡间小路,无不尽收心底,然后化作诗句,从笔尖汩汩地涌出……

他是中国式"游吟诗人",更是当代中国的一位浪漫派诗人。

称其为中国"游吟诗人"和"浪漫派诗人"绝不为过,有《乘着咖啡的芬芳》《凭栏·雪茄之羽》《山海·晨钟暮鼓》三部厚厚的诗集为证。

其作者,是原中国驻奥地利等国的文化参赞,笔名为"老夫子"的——孙书柱。

2020/09

读《海子的诗》

海子是我最喜欢的中国当代诗人之一。我最初是从冰心主编的《彩色插图中国文学史》中了解到海子,也就是先读"史"后读"诗"的。这是一本综合性文学史,由冰心担任主编,董乃斌和钱理群担任副主编。该书对现当代诗人着墨不多,但海子名列其中,而且是用他压轴和殿后,结束该部文学史的,足见海子在编者心目中和中国文坛上的地位。阅读《海子的诗》,才领略到这位年轻诗人的风采。

"满纸荒唐言,两眼凄美泪",是我阅读海子留下的第一印象。海子的诗只能速览,不能细读,更不能逐字逐句地进行分析。当您细读、琢磨诗句含义之时,你就会感觉诗人是在说梦话、痴话、疯话。例如,"那两只白鸽子,它是屈原遗落在沙滩上的白鞋子"(《亚洲铜》);"太阳把血,放入灯盏"(《夜月》);"早晨是一只花鹿,踩到我额上"(《感动》);还有,"黎明是一条亮丽之虹,吃下了无数灯"(《早祷与枭》)……

您不能细读海子的诗,更不要咀嚼,只可囫囵吞下;否则,您会以为诗人头脑发烧、痴人说梦。只有当远观、速览之时,您才感受到其诗句的意象之美、意境之美。

"你来人间一趟,要看看太阳。"在海子200多万字的作品中,太阳是其着墨最多的主题之一。他是个天使、上帝的宠儿。他被派到人间,为的是要"看看太阳"。太阳给人以温暖,太阳给人以生命,太阳给人以希望和力量。我真的觉得这茫茫宇宙、高远苍天,有个万能的主,派海子到人间来体察民情、"看看太阳"。可上帝又怕他痴迷于人间仙境,早早将他召回。不然,他为何走得这么早、这么匆忙,又为何这样无休止地歌颂太阳?

憧憬爱情,恐惧寂寞。这是海子诗歌的另一大主题。海子渴望爱情、憧憬爱情,可人间凡俗,难遇知音。"野花是一夜喜筵的新娘,野花是我包容新娘的彩色屋顶"(《春天》)。诗人渴望爱情,但难以寻得,因此视"野花"为新娘。"我爱着一个人,我爱着两只手……"(《城里》);"我爬行只求:人爱我心"(《孤独的东方人》)。

自古圣贤多寂寞。海子是寂寞的,他渴望被人理解。但是,他又超凡脱俗,是上帝派到人间的"金童子",或许是宙斯派到东方大国的缪斯?也未可知。因此,他很难被凡夫俗子理解。"你说你孤独,就像很久以前"(《歌或哭》);在他眼里,"寂寞的母亲""孤独的父亲"(《春天》)和"孤独的东方人"(《孤独的东方人》),"孤独不可言说"(《在昌平的孤独》)。孤独充斥着海子的生活与内心世界。

"死"是海子诗中表现的又一大主题。除了太阳与爱情外,海子在诗中表现最多的就是死亡。死,也是文学家,尤其诗人,表现的一个永恒主题。"祖父死在这里,父亲死在这里,我也将死在这里"(《亚洲铜》);"我就是那疯狂、裸着身子、驮过死去诗人的马"(《马》);"我请求，在夜里死去"(《我请求：雨》)。可以说，有关"死亡"的诗，在《海子诗全集》里俯拾皆是。生与死，仅一线之隔；生的瞬间就包含了死，死的同时也囊括了生。

　　海子原名叫查海生。笔名和原名都有个"海"字，足见海在海子心中有多么重要。孔子曰，"智者乐水，仁者乐山"。海子显然是个"智者"。原以为海子会死于"海"、融于海，可他却选择大地作为其最后的归宿。他于1989年3月26日，殒命于山海关那滚滚的车轮底下……这应验了印度大诗人泰戈尔那句名言："你不能选择最好，是最好选择了你。"他自己也如是说："你不用算命，命早就在算你"(《海滩上为女士算命》)。

　　塞外、长城、碣石、山海关，多么美丽动人的字眼，唤起人们的远古幽情。山海关，离海很近。他"从明天起，做一个幸福的人……面朝大海，春暖花开"。

　　海子远行了，被上帝召回去了……

2016/02/27

阅读《萧红选集》随想

我收藏有两部由人民文学出版社出版的《萧红选集》。一部是 1958 年 12 月版,另一部是 1981 年 5 月版。两书同名,但内容各异。前者包括《生死场》《马伯乐》和《小城三月》等中长篇小说,并附有鲁迅的《生死场》序和茅盾的《呼兰河传》序;后者收有 47 篇短篇小说。二者合璧,涵盖了萧红的主要作品。这是很难得的。我不时从书柜里取出阅读欣赏。望着那陈旧得发黄的纸张、闻着古书散发出来的特别味道,心里有说不出的愉悦。

萧红这名字,最初是在 20 世纪 70 年代阅读鲁迅《且介亭杂文二集》中的"萧红作《生死场》序"时接触到的。鲁迅在序中这样写道:"这自然还不过是略图,叙事和写景,胜于人物的描写,然而北方人民对于生的坚强,对于死的挣扎,却往往已经力透纸背;女性作者细致的观察和越轨的笔致,又增加了不少明丽和新鲜。精神是健全的,就是深恶文艺和功利有关的人,如果看起来,他不幸得很,他也难免不能毫无所得[1]。"鲁迅对萧红的作品及其

---

[1] 详见《鲁迅全集》卷六,人民文学出版社,1981 年第 1 版,第 408 页。

文笔给予很高的评价。这吸引着我，很想阅读《生死场》。但因工作忙碌，此事就放下了。这一放就三十多年！

2001年11月，我去北京潘家园逛旧书肆，购得1981年版《萧红选集》。此集虽未包括鲁迅为之作序的《生死场》，但却有萧红撰写的《回忆鲁迅先生》和《鲁迅先生记》。这两篇文章是研究鲁迅的极好资料。同年12月，再次逛潘家园，购得1958年版的《萧红选集》，内容包括《生死场》和鲁迅先生的"序"，还有茅盾先生为萧红《呼兰河传》写的序。同一本书收录两位现代文学巨匠为萧红作的序文，珍贵得很。这足以证明萧红在中国现代文学史上的重要地位。

萧红，原名张迺莹，1911年出生于黑龙江省哈尔滨市呼兰区一个地主家庭。母亲去世得早，继母待她不好，父亲又偏听偏信继母所言，因此父女关系不佳。她是在祖父的照看与关怀下成长起来的。祖父的去世对她打击很大。这使她几近成了无依无靠的孩子。这种家庭环境使她形成了孤独、矜持、倔强与反抗的性格。茅盾在《呼兰河传》的序文中，反复用"萧红是寂寞的"的语句来描写。

1929年，萧红就读于哈尔滨市立第一女中。她对绘画和文学发生了兴趣，时常沉浸在学画与写作中，当属"文艺女性"吧。但好景不长。1930年，她为反抗包办婚姻而离家出走，从此踏上了她那条传奇的流浪与挣扎的艰苦生活之路。

萧红的文学创作生涯始于1933年。1935年，其长篇小说《生死场》出版，这为其后来的文学生涯奠定了基础。此后，她因生计关系辗转于上海、汉口、临汾、西安和重庆等地，亦曾去日本看病。她一直过着颠沛流离的生活。

在上海期间，萧红有幸结识了鲁迅，并得到其文学上的指点和帮助。这段生活给她留下了美好的回忆。她同鲁迅和许广平夫妇的交往，曾在其《回忆鲁迅先生》和《鲁迅先生记》两篇文章中得以详尽的描述。这两篇文章使我爱上了萧红作品，更改变了我对鲁迅先生的印象，使我看到了作为"人"而非"神"的鲁迅。此前，我心目中的鲁迅一直是严肃认真、不苟言笑、金刚怒目、愤世嫉俗和"特别能战斗的"。可在萧红的笔下，"鲁迅的笑声是明朗的[1]"，"许先生的笑是愉快的[2]"。鲁迅深谙美学[3]，他对萧红衣着色彩搭配，有过很内行的评价。"鲁迅先生喜欢吃一点酒，但是不多吃……多半是花雕[4]"，透过萧红细腻而优美的文字，我看到了一个有血有肉、有憎更有爱、颇有生活情趣的鲁迅。在上海和鲁迅家人相处的日子，恐怕是萧红一生中最快乐的时光。

从萧红有关鲁迅先生的文章中，我们不难看出她同鲁迅和许广平先生的感情和友谊是真挚而纯洁的。在鲁迅和许广平的眼里，萧红既是文坛同道、文学晚辈和文艺学生，也是生活中的挚友和知己，甚至还/或是女儿。在周公子海婴的眼里，萧红就是他的小伙伴儿。从萧红和鲁迅家人的交往中，看不出丝毫的"异常"关系。前些年网上曾出现对鲁迅和萧红关系的"过多解读"，不知有何根据。如果仅凭臆测，那也无非是为吸人眼球、引人关注的"八卦"而已。

茅盾在《呼兰河传》序中，曾有五六处使用"萧红是寂寞的"

---

[1] 详见《萧红选集》，人民文学出版社，1981年版，第145页。
[2] 出处同上，第155页。
[3] 出处同上，第145—146页。
[4] 出处同上，第157页。

句式。萧红在少年时代是"寂寞的",在其生命最后的岁月里,即在香港住院、转院及客死在医院时,更是"寂寞的"。在其生病住院期间,她曾幻想好友萧军能像天外来客一样飞到香港,但却没有;她也希望其他男友能到医院看望她,但是也没有。她最终意识到"爱慕她的人很多……真正疼她的人很少"。这使她感到人生的悲凉。她在离世前写下了:"半生尽遭白眼冷遇……身先死,不甘,不甘!"

我喜欢萧红,更喜欢其作品。在我心目中,萧红和林徽因、谢婉莹和丁玲等人一样美丽,都是追求自由和个性解放的中国现代女性。萧红是北方人,其笔下的人物对我这个东北人而言更加熟悉而亲切;有些人物似曾相识,或曾见过、听过、在一起生活过。

2002年,我赴南非履新,曾在香港做短暂停留。我想去拜谒萧红墓,并献上一束鲜花,以此慰藉萧红生前那颗寂寞的心。一位香港朋友问我想到哪里参观,我说出这个想法。他说这好办。于是便请香港作家协会的朋友来安排,结果却不知萧红墓地在何处。我告诉他们,听说在浅水湾的一家医院里。经过几番查证后得知:萧红墓早已迁至广州银河公墓了。我很扫兴,也怪自己行前未做好"功课",第二天便悻悻地离开了香港。我心里还抱怨香港人缺乏远见,为什么不留有萧红的墓地。因为我相信,萧红墓地终有一天会给香港引来无数凭吊的文人墨客,甚至会促进香港的旅游业发展。

然而,香港毕竟是香港,一个深受西方文化影响并具有商业价值取向的社会。

2014/03/14

读作家冰人

美国华文作家甚多,但以写作为生的,则凤毛麟角。在洛杉矶年轻一代华文作家中,冰人是一位著作甚丰和体裁甚广的女作家,但写作是她的第二职业。在赴美前,她在中国大陆已小有名气。她那套沉甸甸、厚实实的由冰心老人题字的14卷《冰人文集》[1],就让我肃然起敬。

冰人是个"多面手"。她写过长篇小说《大企业家》《东北大马路》等6部,短篇小说、诗歌和散文等4集,如《珍藏》《情感底片》等,电视剧本《山娃》《七层口罩》等,还有若干部报告文学和纪实文学。这些作品是我在洛杉矶工作期间未曾听过、更未曾读过的作品。在回国后的一个偶然机会,我接触到这14卷本《冰人文集》。我是从阅读"文集"才逐渐了解她的。

读其作、品其人,我觉得可以用"3J"来概括冰人其人其作,即:静、净、寂。这三个字的汉语拼音,都是以"J"开头。

第一个J,静。宁静、恬静、平静、静谧。庄子曰:"虚静恬

---

1 《冰人文集》,冰人著,黑龙江人民出版社,2005年1月第1版。

淡寂寞无为者，万物之本也。"人在虚静之时，心才能容纳万物，或曰万物方能生焉。在洛杉矶常驻时，因工作关系曾与冰人有过几次接触。我突出的感觉是，此人极其"虚静"，或说恬静。她仿佛是经过风浪、见过世面的人。我甚至觉得她有些禅意。这一感觉，从阅读《冰人文集》中得到进一步印证。请看小诗——《独眠人》：

月亮/躲进了帷幕/星星/也悄悄走了/夜色浓了/

风声紧了/忘却的地方/只有我/独眠

小诗不长，仅有32字，但却营造一种静谧的氛围：在一个月隐、星稀、夜浓的晚上，在一个被"忘却的地方"的风声陪伴下"独眠"。诗中有动、有静，动静结合；静是一种心态，动是烘托静的伏笔。此中寓有一丝禅意。请再看——《寂静的夜里》：

夕阳西下/最后一道光线/融进金灿灿的云霞里/……/

在这寂静的夜里/铺开纸张握着笔/我把自己的心音/写

得清丽如泉/……

小诗文字婉约淡雅，诗中弥漫着宁静的气氛。诗人仍是采用以动写静、动静结合手法，书写心中"清丽如泉"的宁静。这是暴风雨过后的宁静，是山间清泉边的静谧。当然，也反映出诗人的心态。诚如诗人所说："平静是一种淡然，平静是一种心境。"（《情感底片》）这类的小诗与散文，在《冰人文集》中俯拾皆是。

第二个J，净。纯净、洁净、清净、心净。在洛杉矶常驻时，我曾多次参加华文作家协会的活动。我发现冰人特喜欢白色服饰，其着装与众不同。后来得知，她特喜欢白色，是因为白色象征着纯洁与纯净。这一审美偏好后来在阅读《冰人文集》中得到印证。

整部《冰人文集》弥漫着一种纯净、纯洁与纯真的气氛。这一点尤其在诗歌与散文中表现出来。我甚至觉得这些文字仿佛出自少女之手。这也许就是她能够走近冰心老人,且被老人接受与喜爱的缘由吧?请看——

> 一早醒来,我发现皑皑的白雪,多么激动,多么快乐。我……想去拥抱那洁白的世界。(《情感底片》)

作家喜欢冬天,更喜欢冬天的白色世界,希望多下几场雪。雪似柔软的白沙,"盖上那些毫无特色的风风雨雨的日子"。再请看其早年的文字——

> 我设计了一个自己的小书屋。不足五平方米的小客厅,雪白的墙上挂上一束紫丁香,乳白色的写字台、乳白色的书橱、乳白色的台灯,在这一系列的白色之中配上了一把黑色转椅。每当夜阑人静,独自在小书屋"爬格子",好惬意。

在这段短短文字中,作家一连用了五个"白色"。可见"白"在其审美意识中的地位。作家对于白色不仅仅是偏爱,而是追求一种境界——清纯境界。

> 一个女人是否可爱,主要在她的气质。我在生活中总是淡淡地施以脂粉,从来不浓妆,不喜欢戴首饰,我常常穿着自己设计的衣着,在拥有的钱财和各种名牌商业区里,我无法同其他女人比,那么就做一个"清纯女子"好了……(《情感底片》)

对,她追求的是一种"清纯"的境界。

第三个J,寂。孤寂、岑寂、寂寥、寂寞。这是个喧嚣浮躁、彰显个性的年代。然而,总是有那么一些"不合时宜"的人。他们不被浮云遮眼、不为世俗所动、孜孜矻矻地在自己的园地里耕耘。冰人当归此类吧。

通览14卷本《冰人文集》，我深深地感觉到，一种岑寂与孤寂的气氛弥漫其间。我仿佛看到一位孤独的远行者，由近及远、由大及小，渐渐地消失在远方的地平线；抑或如一个攀缘者，独自攀登那峭壁嶙峋、层峦叠嶂的山巅……

任何一个时代，都是"应时趋时追时者"多，"逆时逆势逆流者"少，或曰"应声者多，审音者少"。从某个特定时间段看，前者往往通达，后者每每多艰。但从历史角度看，有大作为和大成就者，往往属于后者。

……任周围的人闹腾/我却漠不关心/冷落/寂寞/像一枝花在荒凉的沙漠里/不愿向着微风吐馨/……（《珍藏孤独》）

人，尤其有作为、有成就的人，往往是寂寞的、孤独的。寂寞是一种心态，孤独是一种意境，美的意境。成功者要甘于寂寞、拥抱孤独，"自古圣贤多寂寞"。这与王国维的古之成大事者需经过"三种境界"是相通的。

"有人说，'不问收获，但问耕耘'。然而，又有谁会说，耕耘本身不是一种收获吗？"（《情感底片》）我很欣赏"耕耘本身就是收获"的表述。其实，人生就是个过程。人出生后，如果没有中间那大段奋斗的过程，直奔结果，无论结果多好，都是荒诞的、无稽的、无聊的。这就如同讲故事，先说出结尾，然后再开讲一样乏味。《新约》说："不时停下回头看的犁田者，不会进天堂。"这都是要人做事专一、执着。

许多时候，我是独处的，喜欢一个人郊游、赏树、赏花、赏草……独处也是一种爱。（《情感底片》）

人是社会动物，绝大多数人乐于群居，但也有极少数人喜欢独处。独处是一种"爱"，但更是一种"美"，寂寥的美、寂寞的美、孤寂的美、岑寂的美。记得余秋雨说过：猴子喜欢群居，猛虎乐于独行。这话是颇有道理的。

愿冰人继续按照自己既定的路线前行，创作出更多更好的新作！

2017/03/09

读《培根随笔》

弗兰西斯·培根是英国文艺复兴时期的著名人文主义者、归纳法的创始人。他对现代科研程序和科研方法，有过特殊贡献。他出身于官宦家庭，受过良好教育；其父尼古拉斯·培根曾担任英王的掌玺大臣，他本人也曾担任该职并做过大法官。但是，他被后人记起的还是在思想文化领域的成就。其名言"知识就是力量"为世人称颂，鼓舞着一代又一代人不懈地追求知识、掌握知识，将知识转化为改变世界的力量。

然而，上述这些对我似乎都很遥远。离我最近，颇感亲切的是《培根随笔》。这是实在的、厚重的，看得见摸得着的"培根"。该随笔集共有文章58篇，由蒲隆翻译，上海译文出版社出版。为研读此书，我从书架上找到二十多年前在华盛顿旧书肆上淘得的英文版《英国随笔集》。不出所料，内有三篇"老培"的文章：《谈学养》《谈野心》和《谈旅游》。参考着读，更能捕捉到文章的意蕴与精微处。林语堂先生曾将此类作品称为"小品文"，且竭力推崇。读着"老培"随笔，仿佛看到伊丽莎白时代一位睿智老人，坐在壁炉前与你促膝谈心，感受到450年前英国绅士脉搏的跳动。他不慌不忙,娓娓道来——

> 读书足以怡情,足以博彩,足以长才[1]。历史使人明智;诗歌使人韶秀;数学使人缜密;科学使人深沉;伦理学使人庄重;逻辑修辞学使人善辩[2]……

读着这样美文,您难道不觉得惬意、发人深省、催人上进吗?

仅就《培根随笔》而言,我认为它主要有以下几大特点:

文章短小精悍,文字极其简约。在这58篇随笔中,每篇大都在千字左右。培根和莎士比亚是同时代人。莎翁曾经说过:"简洁是智慧的灵魂。"莎翁这话是否赞赏培根,也未可知。但"老培"总是用最短篇幅和最简洁与优美的文字,讲出深邃的哲理。

文章隽语警句迭出。例如,"恋爱、明智实难两全""狡猾是歪门邪道上的聪明""妻子是青年时的情人、中年时的伴侣、老年时的保姆""夫妻之爱创造了人类,朋友之爱完善了人类,而淫乱之爱败坏、作践了人类"。像这样的隽语警句俯拾皆是。

善于引用名人之言,或《圣经》之语,恰如其分地表达自己的观点。由此可看出其阅读之广、知识之博。例如,他引用《圣经》中的"人的怒气并不成就上帝的正义",魔鬼被称作"夜里在麦田里种稗子的嫉妒者",等等。

《培根随笔》富有积极思想内涵,读后催人奋进。例如,他倡导读书学习,"阅读使人充实,讨论使人灵敏,笔记使人精确","一个国家的强大,要有一批英勇善战的人……一个被苛捐杂税压得喘不过气来的民族,永远不会变得英勇善战",等等。

---

[1] 详见《培根随笔》,弗兰西斯·培根著,蒲隆译,上海译文出版社,2010年3月第1版,第15页。
[2] 出处同上,第221页。

这使我想起中国散文和小品文大师林语堂和周作人。此二人曾极受国人推崇。他们文章虽好，但思想内容未必都健康。周作人有一篇赞美苍蝇的文章，描写苍蝇到极致，活灵活现；林语堂小品曾经赞美"三寸金莲"，他还说人生有几大快事，如用手抠带脚气的脚丫子、躺在床上吸烟等。这种文章写得再美，也很无聊。培根绝无此类之作。

时代造就英雄，英雄创造了时代。培根、莎士比亚、弥尔顿等一大批文人巨匠，都生活在伊丽莎白女王治下的英国。那是个英雄辈出的时代，是个呼唤巨人、产生巨人的时代；也正是因为有了这些文化巨人，才成就了英国。换言之，正因有这批文化巨人，英国才是英国。

英国有句谚语，"宁可失印度，也不要失去莎翁"。我想，英国人也绝不会同意失去弗兰西斯·培根的。

2016/05/21

读团伊玖磨的《烟斗随笔》

我喜欢专业作家的佳作，更喜欢非专业作家的美文。但前者总摆脱不了"卖文"的干系，而后者则多书写性灵、直抒胸臆。艺术大师吴冠中的《吴带当风》、艺术大家黄永玉的《比我老的老头》、建筑大师陈从周的《帘青集》、社会学家费孝通的《费孝通文化随笔》，还有英国启蒙运动先驱、曾经做过英国掌玺大臣的弗兰西斯·培根的《培根随笔》，日本著名作曲家兼音乐指挥家团伊玖磨的《烟斗随笔》等，亦属"非专业作家"的美文。

团伊玖磨的《烟斗随笔》确为散文中的上乘之作。就作品之短小精悍、言简意赅、结构紧凑而言，《烟斗随笔》比不上《培根随笔》。但就信手拈来、直抒胸臆、展现性灵、平易近人来看，前者远远高于后者。读培根，仿佛在听一位绅士与智者说教；读团伊玖磨，恰似听好友或邻里在与你聊天。二者各有所长，不分伯仲。鱼，吾之所爱也，熊掌亦吾之所好也。

团伊玖磨是专业作曲家和音乐指挥家，但其更为文章大家。他曾为《朝日画报》的专栏作家。从1964年10月书写第一篇《坤包》开始，至2000年10月最后一篇《再见了》为止，时间长达

36年，总计1842篇文章；后结集《烟斗随笔》出版，多达27卷！这，在世界文学史上也实属罕见。我为其专注执着、锲而不舍、忠于读者、信守承诺之精神所感动。

翻译家杨晶、李建华从这1842篇随笔中，选译百余篇，译文也颇具神韵。书籍设计由装帧设计大师吕敬人担任；轧花，灰白色调，文气典雅，属于上乘装帧；由国际文化出版公司出版、北京雅昌印刷公司印刷。

在其随笔中，团伊玖磨先生谈世态、人情、历史、文化、民族，也谈生活小事儿：蚊子、马匹、钢笔、领带和花椒等。他的文章虽无培根式的隽语名言，但却充满人生的情趣与哲理。其文字淡雅而宁静，飘逸而闲适，属于那种品咖啡、放音乐、焚高香时阅读的作品。

团伊玖磨对华友好，崇尚中华文化，矢志"寻找日本文化的源头"。他曾做过日中文化交流协会会长，来华近70次。最后一次是在2001年5月。在这次访问中，他于5月17日因心脏病发作逝世于苏州。这是否是天意？当年鉴真和尚远赴东瀛传布佛法，客死日本；团伊玖磨来华传递友谊、寻觅日本文化源头，长眠于中华大地。这一往一来，展现了两国人民之间的"剪不断，理还乱"的复杂关系。

中日关系目前遇到困难，受到考验。这是中日两国人民不愿看到的，更是远在天堂的团伊玖磨先生深恶痛绝的。但只要日本有识之士还在，团伊玖磨之精神尚存，相信两国终会度过"寒冷的冬天"。

在5月17日即将到来之际，谨以此文纪念中国人民的好友、日本的杰出艺术家、社会活动家和散文大家——团伊玖磨先生。

2016/05/16

读斯温的《哈珀文明史》

有些书可以躺着读,有些可以站着读,有些则须正襟危坐、备有工具书,认真来读。躺着读的是休闲之书,站着读属于见缝插针式的读书;备好工具书、正襟危坐来读,则属于严肃阅读。英文版《哈珀文明史》[1]当属于后者,即必须坐在桌前,备齐工具书随时查阅,否则,就难于理解消化。

《哈珀文明史》分为上下两卷,总计1617页。上卷共有16章,主要内容包括:初始文明、古代东方、希腊奇迹、罗马的世界帝国、罗马文明及衰落、基督教、拜占庭及伊斯兰、亚洲文明、封建主义和神圣罗马帝国、城镇及民族国家、中世纪教会、学术生活、衰落与文艺复兴、宗教改革、欧洲与新世界和时代尾声;下卷共计17章,主要内容包括:路易十四的欧洲、殖民地和帝国、启蒙运动、革命的法兰西、欧洲革命、新工业及自由主义、新的民族国家(1848—1890)、浪漫主义与现实主义、19世纪俄国、美利坚合众国、欧洲化的世界、20世纪的肇始、第一次世界大战、

---

1 *The Harper History of Civilization*, Joseph Ward Swain, Harper & Brothers Publishers, New York, 1958.

共产主义和法西斯主义、民主国家、新亚洲和第二次世界大战及其后。

该书的上下两卷,都介绍了远东地区,尤其详尽地介绍了中国的不同历史阶段。但由于该书成书的年代较早,因此仅写到1955年的万隆会议为止,而且是以周恩来总理在万隆会议上的发言照片来收尾的。不知这是巧合,还是有意为之。无论如何,这具有积极的象征意义。该书由美国伊利诺伊大学历史教授约瑟夫·瓦尔德·斯温撰写,纽约哈珀兄弟出版公司于1958年出版。从时间上看,这是一部"旧书"。但对于未读过此书的我而言,它仍是一部"新书"。

用了七个月的时间才啃完这个大部头著作。读后掩卷思之,可用一个字概括我的感受:值。它开阔了我的视野、启迪了我的心灵,使我对人类文明史有个初始了解,使我能够在茫茫的文明海洋中,找到中华文明的坐标。它使我在赞美中华文明灿烂的同时,也赞叹辉煌的两河流域文明、古埃及文明、古印度文明和古希腊文明,尤其使我对欧洲文明有了进一步了解。它使我认识到,任何文明都有其独特的优势和局限性。当然,使我收获最大、认识最深的还是:"太阳底下无新事"——历史循环往复、落后肯定挨打。这是一条颠扑不破的真理,即天不变,道亦不变。尽管当代科学技术进步了,生存环境改善了,知识积累也增多了,但是,人类至今尚未跳出,而且也很难跳出"丛林法则"。

在阅读《哈珀文明史》过程中,我不时想起儿时读过的伊索寓言——"狼和小羊的故事"。狼和小羊在同一条河里喝水。狼说:"你在河里喝水把水弄脏了,让我怎么喝呀?!"小羊说:"狼先生,您在上游,我在下游,我怎么会把您的水弄脏?"狼又找碴儿说："你去年为什么在背后说我的坏话？"小羊又赶紧解释道："狼先生，我去年还没出世呢！"于是，狼气急败坏地咆哮道："不是你说我坏话，就是你妈妈说的。"狼还是把小羊吃掉了。这使我进而联想到海湾战争、南斯拉夫战争、阿富汗战争、伊拉克战争和利比亚战争等，哪一场战争不是被战争的发动者找个冠冕堂皇的理由把对手干掉？当今世界难道不如此吗？

情势极其险恶，国人定要自强！

2016/07/14

读斯特恩斯的《世界文明·全球体验》

由美国乔治·梅森大学世界史教授彼得·斯特恩斯等四位教授编撰的《世界文明·全球体验》[1]于2007年在美国出版发行，此为第7版，是2015年的再版书。这是一部成书较晚，吸收新的科研成果较多，且卷帙浩繁的大型世界文明史教科书。在出版后的八年间曾再版六次，从中不难看出该书的受欢迎程度。这是我迄今为止读过的最新版本、最全内容、最大规模的，也是我阅读时间最长的英文版世界文明史，先后整整花费八个月时间才阅读完毕。

《世界文明·全球体验》共分6卷，总计41章，共有繁、简两个目录，其简要目录如下：

第一卷，早期人类社会（250万年前—公元前600年），人类起源及发展：新石器革命及文明的诞生，中东及北非文明的兴起，亚洲最早的文明——印度与中国。

---

[1] *World Civilizations, The Global Experience,* 7th Edition, by Peter N. Stearns of George Mason University, Michael Adas of Rutgers University, Stuart B. Schwartz of Yale University and Marc Jason Gilbert of Hawaii Pacific University, Pearson, 2015.

第二卷，古典时期（公元前 600—公元 600 年），大区域的联合：中华文明的合成与巩固，东地中海和中东的古典文明，印度黄金时代的宗教纷争，古罗马及罗马帝国，美洲人民及文明，文明的传播及人民运动，古典时代的结束与世界历史的过渡（200—700 年）。

第三卷，后古典时期（600—1450 年），新信仰和新商业：第一个全球文明，伊斯兰世界的兴起与扩展，阿拔斯王朝的衰落与伊斯兰文明对南亚和东南亚传播，非洲文明和伊斯兰教的传播，东欧文明——拜占庭和东正教的欧洲，西方新文明的兴起，入侵前夕的美洲，中华文明的统一与文艺复兴——唐宋王朝，中华文明的传播——日本、朝鲜、越南，最后一个伟大游牧文明的挑战——从成吉思汗到帖木儿，1450 年的世界——世界力量均衡的变化。

第四卷，早期的现代世界（1450—1750 年），世界变小：世界经济，西方的嬗变（1450—1750 年），早期拉美，大西洋奴隶贸易时期的非洲及非洲人，俄罗斯的崛起，穆斯林帝国，全球变化时代的亚洲变迁。

第五卷，工业时代的曙光（1750—1900 年）：西方工业社会的出现（1750—1900 年），工业化和帝国主义——欧洲全球秩序的构建，拉美的巩固（1810—1920 年），危机中的文明——奥斯曼帝国、伊斯兰中心地区、中国清朝，俄罗斯和日本——西方之外的工业化。

第六卷，世界历史的最新舞台（1900 年至今）：坠入深渊——第一次世界大战及欧洲全球秩序的危机，两次世界大战之间的世界——革命、萧条、独裁的回应，第二次全球性争端与欧洲世界秩序的终结，冷战时期的西方社会与东欧，拉丁美洲——革命及21世纪的反响，民族独立时代的非洲、中东和亚洲，再生与革命——东亚与太平洋沿岸国家的建设，世界历史中的权力、政治及纷争（1990—2014年），全球化及反全球化。

《世界文明·全球体验》主要有以下五大特点：一是新。该书采用了世界文明史的最新数据和科研成果，内容涵盖了从史前文明至21世纪前十年之间的世界重大历史事件。二是详尽。该书内容相当丰富、详略得当，大16开版本小五号字体，全书共计1008页。三是观点相对客观。该书既介绍主流观点，也附上主要异见，给读者一个思考空间。四是图文并茂，优美的文字配有大量插图，使人倍感形象亲切。五是每章都附有若干思考题，启发读者心智，加深对内容的理解。此外，还附有大量地图和相关录像资料目录，供读者选用。

《世界文明·全球体验》，是世界文明史的研究者、世界历史学员和文化交流工作者等，不可多得的世界历史读物。该书由美国新泽西培生教育有限公司[1]于2015年出版。愿推荐给读者诸君。

2015/07/24

1　Pearson Education, Inc., NJ, USA, Copyright 2015.

读阿德勒的《世界文明史》

花费五个月时间,终于读完了由美国东卡罗来纳大学菲利普·阿德勒教授撰写的英文版《世界文明史》[1]。闭目思之,感觉眼前豁然开朗,对人类文明的大致轮廓越发清晰了。自己就像一个蒙昧的孩童,来到开阔的阳光地带:近处是绿草如茵的田野,稍远处有纵横交错的小溪,远处是茂密的森林,远方是高山峻岭,更远的远方是水天一色的海洋……

如果说人生是一次旅行,读书乃精神之旅。读史就是要解决"我们从何处来,现在何处,将要往哪里去"的问题。我们须珍爱生命、热爱生活,珍视友情和上苍给予我们的分分秒秒。

言归正传,谈谈《世界文明史》吧。这是一部西方大学世界史教科书。本书作者菲利普·J.阿德勒曾在美国高中教授世界历史多年,后因其成就卓著被聘请为大学世界史教授。这是其积数十年教学与科研成果而撰写的一部力作。或许因其曾在中学教过历史,该书的语言简洁、流畅,书卷气和学究气较淡。该书内容

---

[1] *World Civilizations*, Comprehensive Volume, 3rd Edition, Philip J. Adler, Thomson & Wadsworth, 2003.

删繁就简，恰到好处。

《世界文明史》总共分为六大部分：

第一部分：古代文明（公元前3500—公元前500年），内容包括：史前文明、美索不达米亚文明、古埃及文明、古波斯及犹太文明、古印度文明、古代中华文明（远古—公元前500年）和古代平民生活。

第二部分：古代地中海文明（公元前500—公元500年），内容包括：希腊探险、希腊文化、希腊化文明、罗马共和国、罗马帝国、古典时期的平民生活等。

第三部分：多中心文明的平衡（公元前100—公元1500年），内容包括：罗马的嬗变与欧洲的起始、伊斯兰文明、黄金时代的印度文明、中央帝国——中国与蒙古的征服、日本和东南亚、从古实国到15世纪的非洲、哥伦布之前的美洲、非西方世界的平民生活、中世纪、欧洲文艺复兴。

第四部分：失衡——西方世界与非西方世界的碰撞（1500—1800年），内容包括：大世界的开启、新教改革运动、欧洲国家的基础、东欧帝国、从明朝到清朝早期的中国、至19世纪中叶的日本和东南亚殖民地、穆斯林帝国的兴衰、殖民地时期的非洲、从殖民地到独立的拉美。

第五部分：西方工业革命和思想革命（1700—1920年），内容包括：科学革命及启蒙运动的余波、自由主义和对专制君主制的挑战、法国大革命及拿破仑帝国、欧洲工业化、早期工业的社会影响、欧洲意识形态之争、民族国家的巩固、先进的工业社会、现代科学及其含义、第一次世界大战及其争执。

第六部分：平衡的重建——20世纪的世界（1920年至今），

内容包括：欧洲二十年脆弱的平衡、至二战时期的苏维埃、纳粹国家的独裁主义、世纪变迁中的东亚、第二次世界大战、西方国家的高雅及通俗文化、超级大国之争与欧洲的复苏、第三世界的去殖民化、新亚洲、独立后的非洲、20世纪的拉美、穆斯林世界的复兴、马克思主义受挫和新千禧年。

在阅读几部世界文明史后，我突出的感觉是：本书作者尤其站在较客观的立场来写历史，对历史事件和历史人物不抱有成见，少有其他历史书中的陈词滥调。与其他世界文明史书相比，本书给予马克思及马克思主义较多的笔墨，较为客观地介绍与评价马克思及其历史地位。这是难能可贵的。

为了便于学生及读者阅读与思考，每一章节后面还附有若干思考题及其答案。这在其他世界文明史书中是罕见的。书后还附有重大事件、人物和专有名词详解，对阅读者方便得很。

当然，该书也有疏忽性的错误和不尽如人意之处。例如：把老子的《道德经》说成是《易经》[1]；书页边缘留白太窄，给人一种压抑和局促的感觉。但瑕不掩瑜。本人愿意将此书推荐给那些有志于研习世界文明史的读者。

2015/12/19

---

[1] 详见 *World Civilizations*, 3rd Edition, Philip J. Adler, P. 60.

读约翰·黑尔的《文艺复兴时期的欧洲文明》

有位名士曾说过：读本好书，就如同交个好友。若果真如此，我用半年时间交了一位"好友"：《文艺复兴时期的欧洲文明》[1]。这还是蛮"划算的"。

是的。每天清晨起床后，煮上一杯咖啡，然后坐在桌前，品着咖啡，与"好友"交谈，共度静谧的时光，惬意得很啊！

在整整六个月里，我们每天如期而至，风雨无阻。她，通过英国科学院院士约翰·黑尔爵士，即本书作者，向我娓娓道出欧洲文艺复兴那段辉煌岁月。在这个"咖啡会"中，还有其他"朋友"不时地加入，例如《简明不列颠百科全书》《韦氏英语大词典》和《牛津英国文学指南》等。这倒不像是两人的"幽会"，更像是"朋友聚会"。与高人聊天，就是一种享受。想当年爱因斯坦发现"相对论"，恐怕与读书不无关系吧？爱因斯坦曾说："同一位漂亮姑娘谈天两小时，也不感到时间冗长，仿佛一会儿就过去

---

[1] *The Civilization of Europe in the Renaissance*, By Sir John Hale, a Fellow of the British Academy and Emeritus Professor of Italian History at the University College, London, where he was head of the Italian Department from 1970 until his retirement in 1988.

了[1]。"的确如此。每天两小时的"晨读",总觉得时间太短,瞬息即逝。

在这短短的半年里,《文艺复兴时期的欧洲文明》用了10章篇幅,向我讲述了:欧罗巴的发现、欧洲国家、欧洲纷争、欧洲交通、欧洲嬗变、欧洲传播、欧洲文明、文明危机、对人的控制和驯服自然。在有关章节里,还详细地介绍了文艺复兴的起源和文学运动,如德国的"狂飙社"、法国的"七星社"等。还有文艺复兴时期的大文学家和思想家但丁、伊拉斯谟、蒙田、培根、莎士比亚、歌德、席勒、塞万提斯等,当然也少不了文艺复兴"三杰"、哥特式建筑、巴洛克艺术等。我们的"交谈"不仅涉及文艺复兴,还"谈"到了欧洲宗教名人,如马丁·路德、加尔文、罗耀拉、多明我和方济各等,以及宗教改革运动。这六个月的"咖啡会",如沐春风,如临春雨啊!

现在回到"好友",《文艺复兴时期的欧洲文明》上来。该书由美国麦克米兰出版公司出版,1994年第1版,原价14美元,因在洛杉矶旧书店"最后书店"淘得,才花费6美元,值!目前尚未见到中文译本。该书是精装本,属于"毛边党",绝对好书,值得珍藏。

爱好书籍,知识源泉;以书为友,方得永年!

2019/02/20

---

[1] 这是笔者念大学时课本里的一句话,大意如此。

读伊格尔顿的《论文化》及其他

这半年里，忙里偷闲地阅读，不，是死啃了两本"学术著作"——当代西方马克思主义理论家特里·伊格尔顿[1]的《论文化》[2]和《文化与上帝之死》[3]。这是我阅读过的西方译著中最晦涩难懂的两本书。不知是因为书的内容、自己的知识结构，还是语言翻译问题，在阅读中时常有雾里看花的感觉。

《论文化》似乎比较容易理解一些。该书共分五章：文化与文明、后现代的偏见、社会无意识、文化的信徒、从赫尔德到好莱坞。该书文字简约，不到 10 万字。本书对何谓文化与文明，做了较详尽的论述；尤其对文化的四种主要含义[4]，做了较为清晰的

---

[1] 特里·伊格尔顿（Terry Eagleton），1943 年出生，英国著名文学理论家，当代西方马克思主义理论家之一。
[2] 《论文化》（Culture），特里·伊格尔顿著，张舒语译，中信出版社，2018 年 11 月第 1 版。
[3] 《文化与上帝之死》（Culture and the Death of God），特里·伊格尔顿著，宋政超译，河南大学出版社，2016 年 3 月第 1 版。
[4] 文化的四种主要含义：①艺术性作品和知识性作品；②一个精神与智力发展的过程；③人们赖以生存的价值观、习俗、信仰以及象征实践；④一套完整的生活方式。详见《论文化》第 1 页。

阐释；对于后现代文化学者的文化观和文明观，也有较详尽的介绍。这是一部学术性很强的作品。书中引用了数百年间西方文化人对于文化在不同时期的解读、看法与主张。这本小册子，竟然引用了数十位学者的著作，从弥尔顿到亨利·詹姆斯，从歌德到席勒，再到康德、黑格尔，从吉本到柯勒律治，再由耶稣会跳到詹姆斯·乔伊斯等。我仿佛跟随作者做了一次文化之旅，领略到西方文化的风景，尽管有些隔靴搔痒、雾里看花，但毕竟还是看了、感受了。尚未读到英文原著，不知原文是否也如此晦涩。这只有待日后阅读原作再做评论了。

与《论文化》相比，《文化与上帝之死》似乎更加晦涩难懂，读起来使人如坠云海。我曾两次弃读，两次续读。最后，还是"啃"完了这本"经典著作"。希望能尽快读到英文原作，原著或许更易于理解。

《文化与上帝之死》也不算长，仅有16万字，全书共分六章：启蒙运动的局限、唯心主义者、浪漫主义者、文化的危机、上帝之死、现代主义及其后。读这本书是因为其书名吸引了我。读过尼采的人大都知道，"上帝之死"出自尼采。这话曾引起西方世界的哗然。这是对基督教世界的颠覆。它打破原来世界的是非标准和价值观。尼采的这一理念及其"超人"理念等，被后来纳粹分子作为理论基础，导致的后果尽人皆知。伊格尔顿研究了在"上帝已死"的现当代社会中，人们在寻找上帝替代者时的种种矛盾、困惑和心态。同前部书一样，该书也引用了大量的名人和学者的观点来表达自己思想。不管怎样，读后有助于对当代世界诸多纷乱现象的认识和理解。

特里·伊格尔顿是英国著名马克思主义文艺理论家。从20

世纪60年代末至今,他一直研究文化理论。他和美国的费雷德里克·詹姆逊[1]、德国的尤尔根·哈贝马斯[2]一起,被誉为当代西方马克思主义理论的"三巨头"。这三人都很值得深入学习与研究。

2019/03/12

---

[1] 弗雷德里克·詹姆逊(Fredric Jameson),20世纪优秀的文化批评家,新马克思主义的杰出代表。1934年4月出生于美国的克里夫兰,在耶鲁大学获得硕士、博士学位,博士专业方向是法国文学,博士论文是《萨特:一种风格的起源》。1985年应北京大学之邀来华讲学四个月,讲学内容结集为《后现代主义与文化理论》;2002年7月28日应邀来中国华东师范大学讲演"现代性的幽灵"。

[2] 尤尔根·哈贝马斯(Jürgen Habermas),1929年6月18日出生于德国,德国当代最重要的哲学家之一,当代西方马克思主义代表人物之一,被公认为"当代最有影响力的思想家"。1986年,获莱布尼茨奖。

读勃兰兑斯的《尼采》

在 20 世纪八九十年代，中国工人出版社，后改由中国社会科学院出版社，出版了一套《外国著名思想家》译丛。全套六函，每函 10 册，每册介绍一位世界著名思想家，诸如佛陀、柏拉图、康德、蒙田、荣格、尼采和卡夫卡等人。不用说书的内容了，这些人物的名字听起来就振聋发聩，让人兴奋不已。

这套书大都由外国名家撰写，由中国社会科学院哲学研究所组织翻译。书的内容多为思想家的生平、主要著作和思想脉络的简介等。书是小 32 开本，小巧玲珑、精美别致。最厚的书约 400 页，薄的则百余页，易于旅行携带。为方便读者，出版者可为煞费苦心。

仅以《尼采》为例，介绍一下该套丛书之特点。

《尼采》是由丹麦文学大家乔治·勃兰兑斯所著。此人是西方当代文学巨匠，其代表作《十九世纪文学主流》（六卷）是举世公认的权威教本。对于普通读者而言，最受欢迎的还是其文化巨人的传记，如《莎士比亚》《歌德》《伏尔泰》和《尼采》等。

《尼采》是我阅读过的世界名人传记中最具特色的一本，全书只有236页。由中国社会科学院哲学研究所安延明翻译。该书可为繁简有致、详略得当，对了解尼采及其著作和思想脉络大有裨益。

我曾读过一点儿尼采，但是浑浑噩噩，不得要领。《尼采》一开始就点出要义：尼采是一位"反抗基督教传统，连同全部欧洲近代文明的斗士"，其"上帝死了"的名言，打破了欧洲近两千年的思想传统，使得西方人重新审视自己的价值观。有人评论说，这几近是继欧洲文艺复兴和启蒙运动以后的第三次宗教革命！

尼采的"超人"论，在西方乃至世界，曾引起轩然大波。按照尼采的说法，"'超人'一词实指这种类型的人：他们的出现当是伟大幸福的一个片段，是一种与'现代人''善人''基督徒'以及别的虚无主义者正相反的人……"勃兰兑斯说：它（"超人"）可以是任何东西，但唯独不是种族主义概念。它本身不该成为希特勒之流种族霸权主义和反对犹太人的理论依据（尼采从来就不是一个反犹太主义者）。这个词只是被人误用和利用罢了。

尼采对美学是有贡献的。他将希腊神话中的日神阿波罗和酒神狄俄尼索斯引入美学和哲学领域，并以这两位艺术之神的名字分别代表造型艺术和音乐艺术。在尼采看来，相对于日神阿波罗的是梦境，相对于酒神狄俄尼索斯的是迷醉。梦境是个放射着美的异彩的世界，可是在思维和想象之下，还有个恐怖与狂喜的世界，这便是酒神狄俄尼索斯的领地。

尼采是西方文化思想史上一个少有的大家，一个绝顶的天才。有人说，天才和疯子之间只有一步之遥。到此为止，就是天才；跨进一步，就是疯子。遗憾的是，尼采最后还是跨进了一步。这是人类的一大损失和悲哀，好在他还是给世人留下了千古绝唱——《悲剧的诞生》《查拉图斯特拉如是说》和自传《瞧，这个人》等经典著作。

  《尼采》一书前附有译者序和作者序，这是阅读此书的导言。书后附有尼采的"主要哲学著作目录"和人物索引，对于研究者大有裨益。该书印制考究，正如鲁迅先生倡导的书的前后要留有空白页，以方便读者随手写点什么。该书后留有5页印有"札记"字样的空白，读后使人有种宽松舒畅之感。现在出版的书虽然豪华精美，但往往给人一种压抑感、局促感。但愿我国印书的优良传统能够继续传承下去。

2018/06

读鲁思的《菊与刀》

由美国著名人类学者鲁思·本尼迪克特（Ruth Benedict）撰写的《菊与刀》，自1947年出版以来，曾多次再版，现已成为"日本学"的经典之作。鲁思从文化角度，探讨日本的国民性。她不但从文化形貌上探讨日本的文化特质，还从儿童教养的角度，深刻剖析日本人的生命史。《菊与刀》曾经影响了"二战"后美国对日本的接管政策，如保留日本天皇等建议，都为美国当局所采纳。

"菊"，是日本皇室的家徽；"刀"，是日本武士道的文化象征。鲁思用"菊"与"刀"来象征日本人的矛盾性格。她从一位西方学者冷峻的视角，审视日本独特的文化传统和民族性格，并对其进行鞭辟入里的剖析，将日本人的强项和弱点，表现得淋漓尽致。美国文化学者塞缪尔·P.亨廷顿，曾将当今世界分为"七大文明[1]"，其中就包括出现于公元100年至400年间的"日本文明"，而且认为其虽为"中华子文明"，但却独具特色。

---

1 *The Clash of Civilizations and the Remaking of World Order*, Samuel P. Huntington, A Touchstone Book, First Touch Stone Edition, Simon & Schuster, 1997, P. 45–46.

在传统观念中和传统世界文明史上，人们往往把日本文化归入"中华文化圈"或"儒家文化圈"。本人最初对塞缪尔·P.亨廷顿这样划分日本文明，也不甚理解，或曰不敢苟同。但是，当读了《菊与刀》以后，我倒是觉得亨廷顿对日本文明的单独划分和归类，也不无道理。

这本书有助于对日本的国民性和集体人格的理解。该书或许有助于破解中日矛盾，对解决中日纷争问题等有所帮助。见仁见智，读者还是从阅读中找出自己的答案吧。

《菊与刀》由田伟华翻译，中国画报出版社出版，2011年8月第1版。精装珍藏版，定价28元。值得收藏。

2016/05/02

谈黑格尔的逻辑

黑格尔是西方哲学的集大成者。其在当代哲学史上的地位和影响力,堪与古希腊"三贤"相比。这位"黑先生"对东方大国——中国,可谓有褒有贬,毁誉参半。

先说说"贬"。在黑格尔眼里,中国根本就没有哲学,只有伦理道德之类学说。他讲这话时,恐怕只读过《论语》《孟子》或"新儒家"著作。他一定没有读过《老子》和《庄子》吧?他是绝对没有阅读过冯友兰的《中国哲学史》的。否则,他就不会如此狂妄、"目中无华"了。老子的哲学思想,在世界哲学史上,绝对占有一席之地。冯友兰先生也把中国的哲学阐释得一清二楚三充实。倘若再晚生两百年,黑格尔也许不会有此看法,因为《老子》译本是后来才在欧洲大陆流行的。

再说"褒"。黑格尔在其《黑格尔历史哲学》一书中谈道:"世界历史的发展并不是偶然的,也不是没有方向的。无论人类历史怎样变化,或者经历多么巨大的变化,但却始终朝着一个方向前进。在历史中有个终极目标,它对历史的发展起着指引道路和方向的作用,这就是'自由'——'精神'的自由[1]。"在黑格尔看来,历史就像东升西落的太阳一样,也是从东方起始并向西方发展推进的:中国—蒙古—印度—波斯—古希腊和古罗马世界,然后在欧洲趋于成熟。但历史并未就此完结,在黑格尔看来,历史的出路当在北美洲这个"明日之国"[2]。

黑格尔生于1770年,死于1831年。美国建国时,他才6岁;他去世时美国还在发展。不过,他预示历史的未来会到达北美,在这一点上还是有先见之明的。但历史也没有到此终结,还会按照其逻辑继续西向发展。由美国西进,那就跨越太平洋,到达东方大国了。这就预示着中国真会"再次伟大"了。如果说西班牙、葡萄牙、意大利等拥有16—17世纪,英国、法国称雄于18—19世纪,美国雄霸20世纪的话,那么,风水轮流转,21世纪当属于东方大国——中国,这是符合黑格尔的逻辑的,因为地球是圆的!

倘若黑格尔活到今天,他一定会同意我的观点,即21和22世纪属于中国。我是按照他老人家的逻辑推演出来的。从这个意义上说,黑格尔确实伟大,难道不是吗?

2020/10/14

---

[1] 详见《黑格尔历史哲学》,黑格尔著,潘高峰译,九州出版社,2011年9月第1版,第3—4页。
[2] 当指美利坚合众国。出处同上,第3—5页。

读雅克·巴尔赞的《从黎明到衰落》

用去三个月时间，做一次"西方文明之旅"。此次"旅行"才花费 98 元人民币，外加 10 美元，总计不到 30 美元，值，超值！但这并非一次乘坐交通工具的旅行，而是足不出户，阅读一部由美国文化学者雅克·巴尔赞先生撰写的鸿篇巨制《从黎明到衰落——西方文化生活五百年，1500 年至今》[1]。

这既是一次"文明之旅"，又是一席"文化盛宴"。读罢掩卷沉思，一幕幕清新的文明画卷、一张张鲜活的文人面孔和各种标新立异、独树一帜的文艺流派，不时浮现在眼前，使我眼花缭乱、目不暇接。

《从黎明到衰落》酷似一部介绍西方近代文明的"百科全书"。作者研究、考察了自欧洲文艺复兴至 20 世纪末五百年间的文化艺术，包括社会思潮、宗教、哲学、文学、音乐、舞蹈、美术、科技、民俗、生活和社会制度等。该书以"四次革命"为线索，

---

[1] *From Dawn to Decadence, 500 Years of Western Cultural Life, 1500 to the Present*, Jacques Barzun, Harper Perennial, 2000；《从黎明到衰落——西方文化生活五百年，1500 年至今》，雅克·巴尔赞著，林华译，中信出版社，2013 年 11 月第 1 版。

也是以此来划分各历史阶段的，即宗教革命、君主制革命、自由革命和社会革命，详尽地介绍了这些变革在思想和物质层面所带来的冲击，这些冲击又如何走进并影响着西方，乃至世界人民的生活。

该书共分为四大部分，每部分的起讫标志均为某个重大历史事件。第一部分：从路德的《九十五条论纲》至玻意耳[2]的"无形学院"；第二部分：从凡尔赛的沼泽与沙地到网球场；第三部分：从《浮士德》[3]第一部到《走下楼梯的裸女第2号》[4]；第四部分：从"大幻想[5]"到"西方文明不能要"。

在时间段上分为四个时期：

第一时期1500—1600年，围绕的中心议题是各宗教应该信什么；第二时期1601—1789年，中心议题是如何确定个人地位和政府的模式；第三时期1790—1920年，关注问题是以何种方式来实现社会和经济的平等；第四时期1921—2000年，思考的问题是所有上述努力所产生的后果——衰落。

---

1 宗教改革家马丁·路德（Martin Luther），于1517年10月31日将自己的宗教改革主张，共计95条，写好后贴在德国维滕贝格诸圣堂大门上，委婉地批评教皇的政策，继而引发了欧洲的宗教改革运动；后来将其宗教改革主张称作《九十五条论纲》。

2 玻意耳（Robert Boyle），英国化学家和自然哲学家，伦敦皇家学院创始人之一。17世纪中叶，玻意耳提出建立一个正式（科研）组织的计划，他将这个研究集体称为"无形学院"（the Invisible College），该学院不久便成为伦敦皇家自然知识促进学会（the Royal Society of London for Improving Natural Knowledge）。

3 《浮士德》是德国著名作家、世界文学巨匠歌德的代表作品，第一部于1808年发表。

4 《走下楼梯的裸女第2号》是法国艺术家杜尚（Marcel Duchamp）（后移居美国）的代表作，1913年参展未果。其作品摆脱了传统绘画窠臼，具有一定"反叛性"，在20世纪影响不小。

5 《大幻想》（*The Great Illusion*），由英国记者诺曼·安吉尔于1909年撰写，反映了欧洲人的幻觉；主题是：大国之间的战争对战胜方和战败方都是极大的损失。此书主题没有被记取，而是一语成谶。

统观全书，我认为该书主要有以下几大特点：

一是全面深入。这部鸿篇巨制几乎囊括了自 1500 年后（实为始于哥伦布发现新大陆）西方文化生活的各个方面，对有影响的政治、文化和社会运动、文艺流派、文艺思潮、文化名人及其名作等，都有评述与介绍。作者进行综述后，即把"镜头"拉近到某一时期的社会横断面，深入阐述。这使得本书全面而不冗长，深入而不烦琐。

二是客观公正。我阅读西方人撰写的世界历史后有个突出印象，即西方作者有其思维定式和写作模式，或曰"约定俗成"的套路。在谈到社会主义时，总是与法西斯、纳粹主义相连；谈到卡尔·马克思时也是贬多褒少，且有固定成见。巴尔赞则较为客观地介绍马克思的思想及学术成就，由读者自己分析后再下结论。巴尔赞虽为西方学者，但却跳出了西方人固有的思维定式和生活圈子，摒弃个人好恶，站在人类历史学家的高度，客观公正地审视西方近五百年间的文化发展，详尽地描绘了其兴起、发展、高潮及衰落的过程，实在难能可贵。

三是详略得当。雅克·巴尔赞简直就是位大画家。他撰写这部《从黎明到衰落》的文化史，仿佛描绘西方美女一样。其笔下的"女郎"栩栩如生、风韵有致。他把绘画手法运用在写作上了，大小有别、浓淡适宜、删繁就简、疏密得当、错落有致。例如，描写英国工业革命推动人类进程时，"镜头"突然一转，显现出狄更斯笔下的"雾都"，也使人看到工业革命带来的恶果。还有，该史书写作连贯，环环相扣，前后衔接自然。有时令人产生"欲知后事如何，且听下回分解"之感。

四是译文达雅。该书由林华翻译，中信出版社出版。翻译文笔洗练、文字达雅。由于全书译文出自一人之手，故风格一以贯之。文字符合国人阅读习惯，少有拗口之感。我有机会重读了一遍英文原作。这加深了我对巴尔赞先生的好感，也增加了我对译文的认可。雅克·巴尔赞先生1907年生于法国，1920年移居美国。哥伦比亚大学毕业后即留校任教，十年后成为该校的历史系主任和教务长。他著作等身，一生共撰写30余部作品，曾两度荣获美国艺术暨文学学院批评家金质奖章，并曾担任过该学院的两任院长。

《从黎明到衰落》中文版本的不足是，译文省略了原书的三个附件：参考书目、人物索引和专题索引。这，对研究者而言不能不说是一大损失。但瑕不掩瑜。这是一部不可多得的介绍近代西方文化史的佳作和力作。愿推荐给对西方文化感兴趣的朋友。

2016/10/20

读彼得·沃森的
《思想与发明史——从火到弗洛伊德》[1]

在"阅读原著,品味经典"的原则主导下,我用了半年时间读完了由英国思想史学家彼得·沃森撰写的《思想与发明史——从火到弗洛伊德》。这是一部大部头作品,英文版约 70 万字,中文版多达 93 万字。对这位累月经年、皓首穷经的学者,我只有佩服、赞赏。这是我阅读过的第一部由西方人撰写的人类思想史。其写法和侧重点,确实和以往读到的世界文明史、国家通史和哲学史不同。

这部卷帙浩繁的《思想与发明史——从火到弗洛伊德》(以下简称《思想史》),是由彼得·沃森一人完成的。该书主要呈现以下特点:

这是一部人类思想通史。与以往的世界文明史、国别史和宗

---

[1] *Ideas, A History of Thought and Invention, from Fire to Freud,* Peter Watson, Harper Perennial, 1st Edition Published 2006, New York, NY, USA. 该书最早于 2005 年在英国出版,书名中无"发明"字眼,笔者阅读的是 2006 年在美国出版的英文版,书名含有"发明"(invention)一词,特作说明。

教史等有所不同，该书并非以历朝历代的更迭、帝王将相的沉浮、政治体制的变更和战争与革命风暴等为主轴，而是以人类思想及思潮的形成、发展演变及其引发的后果等为主线。作者始终把镜头聚焦在人类从古至今的思想和发明的主轴上。这是用思想的金线，将人类历史珍珠串联起来并呈给读者。它时而阳光明媚、海阔天清，时而黑云压城、险象环生，时而崇山峻岭、柳暗花明。正如社会发展史不是直线的一样，人类思想史也是曲线发展的。作者能够将思想这一抽象得不能再抽象的事物，描绘得栩栩如生，实在令人敬佩。

这是一部完整的文化史。众所周知，思想和精神是文化的核心。世上绝对没有无思想和精神的文化。离开思想与精神，文化就是个空壳。人类之所以有别于禽兽，是因为其有思想和精神。《思想史》从南方古猿写起，用两足行走、制作石器，人类从初期的刀耕火种到农林牧渔业的发展、宗教信仰的兴衰、科学技术的发展、文艺思潮的涌现、生活方式的形成等。这一切无不与思想紧密相连。这些均在此书描述的范围之内。

《思想史》总共分为五大部分，总计36章。这五大部分是：一、从露西[1]到《吉尔伽美什史诗》[2]，想象的演进；二、从以赛亚[3]到朱熹，灵魂的传奇；三、历史的伟大转折，欧洲的加速发展；四、

---

1 露西（Lucy）是一具古人类化石标本，于1974年由美国人类学家唐纳德·约翰逊等人在东非埃塞俄比亚发现，距今大约有320万年并被归类人族。据此，有学者说人类是从非洲走出来的，但未得到广泛认同。
2 《吉尔伽美什史诗》(*The Epic of Gilgamesh*)是目前已知的世界最古老的英雄史诗，创作年代大约在公元前2150年，后在苏美尔人中流传，经过千百年加工改编，终于在古巴比伦王国时期用文字形式流传下来。
3 以赛亚，《圣经·旧约》中人物，是《圣经·以赛亚书》的作者，大约生活在公元前8世纪。

从阿奎那[1]到杰斐逊[2],对权威的攻击、世俗思想和现代个人主义的诞生;五、从维柯[3]到弗洛伊德[4],平行的真理和现代的不调和。另加前言、序曲和尾声。此外,该书还附有注释和参考书目、人名和地名索引、思想索引。

学者与大众共赏,高雅与通俗并存。这既是一部学术著作,但亦可为普通读者接受。作者彼得·沃森阅读了大量的相关学术著作,仅在书中引述的著作和资料就多达3000余种并且加以注明。他还向许多领域顶级专家学者请教,了解相关领域的最新学术成果。例如,他曾登门拜访法兰西科学院院士、著名人类学家、作家和哲学家克洛德·列维-斯特劳斯,美国著名思想家和语言学家埃弗拉姆·诺姆·乔姆斯基等人,吸纳他们的学术成果。此书是由彼得·沃森撰写并具有其鲜明特点,但书中的许多观点都得到学术界的广泛认同;有些不同的看法也能附之于后并做出说明。该书具有趣味性和可读性。例如,英文词"salary"(工资)源自拉丁语"salarius",意为"salt"(盐),古罗马士兵的"工资"可用"盐"来支付。再如,其引用的埃及古谚语,"智慧降临在这三种人身上:法兰克人的头脑、中国人的双手和阿拉伯人的舌尖"。还有,他引述有些学人对语言的看法:"世界思想中最有影

---

[1] 托马斯·阿奎那(Thomas Aquinas,约1225—1274),中世纪欧洲经院哲学家、神学家,把理性引入神学,用"自然法则"证明"君权神授"说,是自然神学最早提倡者之一,也是托马斯哲学学派的创立者。
[2] 托马斯·杰斐逊(Thomas Jefferson,1743—1826),美国第三任总统,美国《独立宣言》的主要起草人。
[3] 维柯(Giovanni Battista Vico,1668—1744),意大利哲学家、语言学家、美学家和法学家,在世界思想文化史上影响巨大,其代表作有《新科学》等。
[4] 西格蒙得·弗洛伊德(Sigmund Freud,1856—1939),奥地利精神病学家、心理学家,精神分析学派创始人,代表作品有《梦的解析》等。

响力的几种语言是汉语、梵语、阿拉伯语、拉丁语、法语和英语[1]。"类似情况，不时出现。这会使人在阅读中感到轻松和乐趣。

该书存在"欧洲中心主义"倾向。这是一部跨越数十万年的"人类思想史"。但该书篇幅最大、笔墨最多的还是描述"欧洲文明"，尤其是现代欧洲文明。众所周知，作为一种文明，欧洲文明或曰"西方文明"，同古巴比伦文明、古埃及文明、印度文明和中华文明相比，则是"小兄弟"；作为欧洲文明源头之一的希腊文明，也深受古埃及文明和古巴比伦文明的影响。但该书作者却在欧洲文明上费时最多、笔墨最浓。这无疑受到"欧洲中心主义"，乃至"欧洲至上论"的影响。该书详尽地介绍了欧洲文艺复兴、宗教改革、科技革命、启蒙运动和工业革命等。而对于上述的其他文明描绘得相对较少。对于中华文明，彼得·沃森先生也只是讲述到中国宋代，其余时期的思想文化则一带而过。这一点受到东方学者质疑，乃至批评。但平心而论，沃森在西方思想文化上着墨甚多，也是受其生活、学习、工作及生存环境的影响。作为一位生于西方、长于西方、工作于西方并长期浸透在西方文化中的学者，怎能强求他将世界"一碗水端平"？我相信，倘若一个东方学者，或非洲学者，撰写人类思想史，也肯定会受其生存、学习、工作环境和世界观的影响，并带有其个人印记的。

《思想史》出版后曾受到学术界的广泛好评。英国《泰晤士报》称该书"是一本趣味盎然，能够激发那些勇于探索心灵的人，去寻求理解人类思想的发展历史"。伦敦政治经济学院欧洲思想史教授约翰·格雷称："本书全面涵盖了人类知识的种种发展，这是

---

[1] 详见《思想史——从火到弗洛伊德》，彼得·沃森著，胡翠娥译，译林出版社，2018年1月第1版，第10页。

一部卷帙浩繁的书，原本很容易让读者迷失其中，但沃森以其强大的叙述能力，将全书有机地整合在一起，并点亮了其中的知识信息，一本历史杰作诞生了[1]。"诸如此类评价，不一而足。

彼得·沃森于 1943 年生于英国。曾受教于英国杜伦大学、伦敦大学和意大利罗马大学；长期从事新闻和报业工作，担任过《新社会》杂志副主编，为《泰晤士报》《纽约时报》和《观察家》等报纸撰写过专栏。他向以恢宏的思想史闻名于西方世界，著有《20 世纪思想史》《德国天才》等 13 部著作。他还制作了数个有关艺术的电视节目。其著作被翻译成 17 种语言文字。自 1998 年起，他出任英国剑桥大学麦克唐纳考古研究所研究员，此后便一直致力于人类思想史的研究工作。

2021/01/08

---

[1] 上述评论见诸百度。

第四章
文化物语

　　文化和文化交流是本和末的关系,即文化是本,交流为末。文化交流就如同植物间的授粉,又恰如蜜蜂的采花酿蜜。没有交流,尤其是没有异质文化交流,文化就会逐渐萎缩、弱化、老化,乃至停滞。

——沼荷——

谈深义文化

北京大学周一良教授，把文化分为三个层次：广义文化、狭义文化和深义文化[1]。简而言之，广义文化，是指人们体力和脑力劳动的结晶；狭义文化，是指与政治和经济等相对应的，即哲学、文学、美术、音乐、宗教等主要与精神文明有关的东西。除此之外，周教授认为还有一个深层次的，即"深义文化"。

周教授以日本为例。他认为，日本文化包含若干本质特征。其中之一就是日本传统文学艺术含有的两个特点："苦涩"和"闲寂"。也就是说，日本的深义文化是"苦涩、闲寂"。周教授曾在日本留学多年，是日本问题专家，又是北大著名史学教授。他谈的或许是对的。本人对日本缺乏深入研究，对此不敢妄加评论。

不过，我倒是想谈谈美国的深义文化。美利坚民族和其他古老民族不同，很年轻。若从1776年建国时算起，美国的历史至今也不到三百年。但是，这个民族在文化心态和"集体人格"上

---

1 详见《中外文化交流史》，周一良编著，河南人民出版社，1987年11月第1版，第2页。

确实有其显明的特征。

我一直在想，如果每个民族选出一个人来代表该民族，对，只选一人为代表，大家都会选谁。该代表可以是真人，也可以是艺术塑造的人物形象。我会毫不犹豫地推选美国影片《第一滴血》中的男主角——兰博。可以用两个字概括此人和美利坚民族的文化特征——"打斗"或"争斗"。难道不是吗？有关统计表明：在美国建国后的230多年历史中，只有16年没有发动或参加战争。用"打斗"二字概括美国的"深义文化"，恐怕是再合适不过了。

我由此联想到韩民族、法兰西民族、日耳曼民族、印度民族、犹太民族和俄罗斯民族等。据一位长期在朝鲜半岛工作的朋友说，可用"恨"字来描绘韩民族的心态。这或许就是大韩民族的深义文化？我反复琢磨，觉得这种说法不无道理。朝鲜（韩）民族一直生活在大和民族和汉民族中间，在漫长而悠远的历史岁月中，难免会有某种压抑感。因此，产生某种"怨恨"，也可以理解。

由此而进一步拓展。法兰西民族的深义文化可否用"罗曼蒂克"概括？日耳曼民族"深沉坚毅"、印度民族"争强狭隘"、俄罗斯民族"博大粗犷"、犹太民族"精明善战"？

各民族的深义文化究竟是什么，这是个见仁见智的问题。这绝不会"高度一致"，更不会"一致通过"的。这个"故事"还可以接着说下去。建议在海外工作的朋友，不妨思考一下，您所在国家/民族的"深义文化"是什么。这或许对了解该国人民、推进工作，不无好处。

2020/09/18

破解文化交流密码[1]

一、何谓文化及文化交流

文化是世界上最复杂、最神秘、最捉摸不定,同时又是最平常、最普遍、最司空见惯,时刻都离不开的东西。它如同空气一样无处不在,又同水一样,永远离不开。可当你伸手一抓,却什么都没抓到。无怪西方文化学者雅克·巴尔赞先生说:文化的定义繁多,人们至今已经提出4000余种有关文化的定义和分类[2]。世界上恐怕没有任何学科有如此多的定义和分类。由此可见文化的复杂性。尽管对文化定义众说纷纭、见仁见智,但多数学者对文化所含内容还是趋同的,即它是人类在社会生产、生活和实践过程中所创造的物质财富和精神财富的总和,它还包括社会制度和生活习俗等。

(一)文化定义

①《辞海》定义:文化"通常指人民群众在社会历史实践过

---

[1] 此文是根据笔者在北京大学艺术学院和北京市西城区图书馆的讲座整理而成的。
[2] 详见《从黎明到衰落——西方文化生活五百年,1500年至今》,雅克·巴尔赞著,林华译,中信出版社,2013年11月第1版,序言,第XVIII–XIX页。

程中所创造的物质财富和精神财富的总和。也专指社会意识形态，以及与之相适应的制度和组织机构[1]"。②余秋雨定义："文化，是一种成为习惯的精神价值和生活方式。它的最终成果，是集体人格[2]。"

（二）文化交流定义

文化交流是指人与人之间的一切有关文化财富的交流、交换、交融、吸纳和易主行为[3]。

（三）文化和文化交流的关系

文化和文化交流是本和末的关系，即文化是本，交流为末。文化交流就如同植物间的授粉，又恰如蜜蜂的采花酿蜜。没有交流，尤其是没有异质文化交流，文化就会逐渐萎缩、弱化、老化，乃至停滞。只有同质文化交流，就如同近亲结婚的人一样，会逐渐变得弱智。

二、文化的三个层次

根据文化的内容和形态，我们可以将其分为三个不同层次，即形而上层次、形而下层次和形而中层次[4]。

（一）形而上文化

形而上文化，即精神文化。这是文化中最重要、最本质和最核心的那一部分。形而上文化交流，是文化交流中最缓慢和最艰难的。它包括思想、意识、宗教、哲学、制度和社会习俗等。但是，

---

1 详见《辞海·词语分册》（下），上海辞书出版社，1977年11月第1版，第1626页。
2 详见《中国文化课》，余秋雨著，中国青年出版社，2019年8月第1版，第23页。
3 笔者曾查阅各种资料，查找有关"文化交流"的定义，未果。这是笔者给出的定义。
4 形而上和形而下层次的文化，已经得到学术界的广泛共识；"形而中层次"的文化，是笔者根据文化的具体情况和形态提出的，是笔者首创。

形而上层次的文化一旦形成,要改变它也很困难。

在中国,佛教、基督教、伊斯兰教和马克思主义及社会主义等,均为"舶来品"。它们的输入和引进中华大地,无不经过艰难岁月和艰苦斗争,乃至是经过流血牺牲才换来的。可是,当它们在中国落地、生根、开花、结果之后,要想彻底改变它、根除它,也是极其困难,甚至是不可能的。马克思主义和社会主义与前三者不同,它们是科学,社会科学,而佛教和基督教等则是宗教。它们之间有着本质的区别。但从文化形态上看,它们都属于形而上层次,即精神文化。

(二)形而下文化

形而下文化,即物质文化。它包括器物文化和食物文化等,如丝绸、陶瓷、自鸣钟、茶叶、香料、咖啡和可口可乐等。这些是看得见、摸得着的,也是最容易见效的。葡萄、核桃和石榴等从西域引入,玉米、马铃薯和番茄等原产地是美洲;手风琴、小提琴和钢琴等从欧洲引入中国,都是国人容易见到好处、发现其优越性的,所以受到国人的喜爱与追捧。形而下层次的文化交流,一直在我国对外文化交流中占有主导地位。

(三)形而中文化

形而中文化,兼具形而上和形而下两层次文化性质。例如《佛经》《圣经》《古兰经》《道德经》《论语》等,十字架、念珠、貔貅和玉石艺术品等,还有歌剧《费加罗的婚礼》和芭蕾舞《红色娘子军》等,亦属此范畴。这些东西具有物质文化和精神文化两种性质。在不同人手里/眼里,它们则具有不同含义和用途。在信教者、艺术爱好者或知识阶层,它们是精神产品,即形而上文化;在商人手中,它们则与丝绸、陶瓷、茶叶和咖啡等别无二致,是看得见、摸得着、可以赚钱的物质商品。

三、文化交流的四种模式

文化交流有着鲜明的时代特征。我们正处于和平时期，文化交流主要表现为"和平/友好"模式。但是，回顾历史，把目光投向遥远的过去，我们会发现："和平/友好交流"并非唯一的交流模式，还有"征服模式""掠夺模式"和"婚姻模式"等。当然，后三种模式交流的初衷，绝不是为了交流而进行的，但从历史的角度和实际效果看，它们确实起到了某种文化交流的作用。

（一）征服模式

征服模式，通常是指采用武力，乃至战争手段，迫使被征服者按照征服者的意愿和指令，开展的文化交流。这种交流可能在部落间、民族间、国家间，或者大文明区域之间进行。征服者迫使被征服者接受其价值观、宗教信仰和意识形态等；当然，征服者更会获取被征服者的"形而下"文化，即物质文化财富。这种交流有时是小规模的，有时是大规模的，多数是痛苦的，甚至是极其残酷、惨烈和悲壮的。这种例子实在是太多了。例如"十字军东征"、拿破仑远征军攻打埃及等。

（二）掠夺模式

掠夺性交流模式，是指通过强抢、欺诈、蒙骗、偷盗等非法手段，将对方文化产品窃为己有，或将自己的强加于他人。这种交流的例子比比皆是。当我们走进法国卢浮宫、大英博物馆和美国大都会博物馆时，会发现许多优秀艺术品，这些都是人类文明的结晶。其中许多艺术珍品都有着凄婉的故事。中国敦煌莫高窟被盗走的335号洞窟壁画、大英博物馆内的埃塞俄比亚圣书《国王的荣耀》等，均是通过掠夺性交流模式获得的。

（三）和平／友好模式

和平／友好模式，是指交流的双方或者多方，通过友好协商方式进行的文化交流活动；往往是通过签署政府文化合作协定、协议、议定书、谅解备忘录或执行计划等，来进行的文化交流活动。这是和平时期最常见的交流方式。自中华人民共和国成立以来，我国先后同世界160多个国家和地区保持着良好的文化关系，同145个国家签署了政府间文化合作协定和800多个年度交流计划[1]。有些交流项目是官方的，有些是民间的；有些是商业性质的，有些是非营利性质的；有些在国外实施，有些在国内进行。总目标是一致的：增进我国同各国人民间的友好往来和相互了解。

（四）婚姻模式

有人或许会问：婚姻也是一种文化交流模式？答案是肯定的。婚姻不仅是，而且是一种特殊的，且行之有效的文化交流模式。尽管婚姻的最初目的绝非是文化交流，但它在客观上却起到了文化交流的作用。在古今中外历史上，这种实例不胜枚举。例如王昭君出塞，文成公主入藏；还有当代大翻译家杨宪益和夫人戴乃迭的婚姻等，均为与异族或异国人结婚。他们的婚姻起到了文化交流的作用。

2019

---

1 详见《改革开放30年中国文化的发展》，蔡武主编，外文出版社，2009年6月第1版，第51页。

谈谈外交官的演讲问题

我在中国驻美国洛杉矶总领事馆工作期间的文化活动很多，经常会收到当地文化机构讲演、讲课、座谈和研讨等的邀请。

2013年11月，我应邀出席在美国帕萨迪纳市举办的"玫瑰花车巡游"新闻发布会。帕萨迪纳市长博嘉德，加利福尼亚州州议员伍国庆和诚保利集团董事长许坚等出席并讲话。我作为驻洛杉矶总领事馆文化官员，也应邀出席、讲话。

我就利用这次美方举办的新闻发布会时机，谈谈"中国梦"理念。但是，如何表达，如何自然地把"中国梦"和"玫瑰花车巡游"联系起来，使人听起来不感到突兀和牵强，这是个技巧问题。

在说过几句"客套话"后，我话锋一转，对帕萨迪纳"玫瑰花车巡游"大加赞赏，这是我早就想观看的巡游，更是我女儿连做"梦"都想观看的。然后，我就自然地谈到了"梦"。

我继续说道，每个人都有自己的梦想，每个民族和国家也都有自己的梦。马丁·路德·金有他的梦，那就是希望黑人有一天能和白人一样获得自由、平等、幸福。南非的纳尔逊·曼德拉有他的梦，就是《漫漫自由路》[1]。美国人有美国人的梦，中国人有中国人的梦。所有的梦都有共同点，那就是追求和平、幸福、美好、自由、平等。其实，中国梦和美国梦并不矛盾，它们是共通的、互补的，是并行不悖的。

然后，我又谈到中美经济和文化，它们都各有千秋、各有所长，可以相互学习、相互借鉴、优势互补……

这次简短讲话收到了良好的效果。我讲完话后，博嘉德市长和伍议员等走上前来向我祝贺。市长握住我的手说："您是我见到的第一位脱稿讲话的中国外交官。您的视野开阔，讲话也有说服力……"

时间飞逝。一转眼，五年多过去了。许、伍、博诸先生，你们都还好吗？愿中美两国世代友好，祝"中国梦"和"美国梦"都能早日实现！

外交官常常会收到各类邀请。其中，不乏论坛、讲座、研讨会和文化活动的开幕式。当然，您可以有选择地接受，但绝不能一概拒绝。参加、出席、到场，您就免不了被邀请讲话。如何讲话，讲得好坏，这对您日后的工作会产生重要影响。我的体会是：只能前进，不能后退。

现结合我个人情况，谈一谈"即席发言"和"有准备演讲"的点滴体会。

一是在研讨会上即席发言。即席发言好坏，很大程度上取决于阅历、知识水平和应变能力，当然，也反映出外语水平和表达能力。

---

[1] 南非黑人领袖曼德拉的自传《漫漫自由路》(*A Long Walk to Freedom*)。

2003年初,著名作家王蒙应邀访问南非。当得知王蒙在国内文坛的地位和在世界文学界的影响时,南非开普敦大学决定临时举办"王蒙文学研讨会"。除了大学文学系师生外,主办方还邀请了南非著名文学家安德烈·布林克(Andre Brink),南非作家大会主席奥利芳特教授等重量级人物。研讨会前半个多小时,主办方要我在会上讲几句话,用英文介绍一下王蒙的文学创作情况。我的头脑"嗡"的一声,好像要炸了。如何是好?在半小时内,构思一篇英文讲话,我从来没有过。但又一想,作为中国驻南非的文化参赞,我这个时候不讲,还要谁讲?我不介绍王蒙,又有谁会介绍他呢?

于是,我就鼓足勇气,摆出一副"王蒙专家"样子,用英文讲道:

"王蒙,在中国是个家喻户晓的名字。我们这一代中国人,以及比我年长和比我年轻的人,都是读着王蒙长大的⋯⋯"紧接着,我就介绍了王蒙的简要经历、主要作品等。出乎意料,这次即席讲演效果还不错,受到老部长的表扬和鼓励;这次研讨会的总体效果,也超出我们的预期。

二是有准备的英文演讲。自从当上文化参赞后,我经常收到出席活动的邀请。全都参加不可能,一概拒绝也不近情理。我是有选择地参加。

2012年4月,我收到美国加利福尼亚州尼克松图书馆的邀请,出席该馆举办的"纪念尼克松总统访华四十周年暨都本基书画艺术展"。我觉得这是传播中国理念、推动中美关系发展的好机会。经请示领导,我决定出席这次活动,并且做了用英语讲话的准备。我写了一份英文讲稿,但到时候脱稿讲话。我甚至还提前练习了如何走上讲台，又如何走下讲台的相关细节。

当活动主持人叫到我名字时，我学习美国人那样"小跑式的"上台姿势。到了台上，我镇定地、微笑地环顾四周，表示对听众的尊重。然后，我便用"标准的伦敦音"说道：

"40年前，世界上最大的反共头子，美国总统理查德·尼克松，做出一个重要决定：和世界上最大的社会主义国家领导人毛泽东，握手言和。这次握手，改变了世界的历史走向。"

讲完这段话后，我略做停顿。先是一阵沉寂，继而是热烈的掌声。

紧接着，我就对尼克松总统的远见卓识大加赞赏。我继续用英语讲道："我知道一些美国人不喜欢尼克松总统。但是，就连他的对手和敌人，也不得不承认，尼克松是一位伟大的政治家，因为他远见卓识、顺应时代潮流……"

我还引用尼克松在第一次总统就职典礼上的话语，"我们不能期望每个人都成为我们的朋友，但我们可以尽力不使他们成为我们的敌人"。然后，我对此段话加以评论、赞美一番。

我继而又引用奥巴马总统在就职典礼上的话语，"世界变了，我们必须与时俱进"。

但是，世界朝着什么方向变？这是个原则问题。于是，我话锋一转，说道："世界正朝着'和平、合作、发展'的方向变化。我们必须与时俱进！"

"和平、合作、发展"，是我国奉行的外交方针，我们必须传达出去。

这次讲演收到了超出我预期的好效果。走下讲台后，一位美国听众走上前来，握着我的手说："我喜欢你的讲话。"

斗转星移，时光飞逝。一晃十来年过去了。如今的我早已经退休。实事求是地说，我是身心处于最佳状态的时候退下来的。这样也好，我可以做些自己过去想做，而无暇去做的事，读一些过去想读，而无空研读的书。

假如还有来生，我仍然要选择文化交流工作……

2018/01/26

文化自信及其他

一个时期以来,国人都在谈论"文化自信"。媒体上出现频率最高、最耀眼的词汇,恐怕莫过于"文化自信"了。一时间,仿佛不谈"文化自信",就要落伍、就会出局了。这也好,国人终于一改自 1840 年鸦片战争至 1949 年间的颓败之相。中华儿女终能一挽天河,净洗"中原膏血"了!

然而,不知每个谈论者是否都理解"文化自信"?是否都拥有值得"自信"的那个"文化"?我们万勿把"文化自负"或"文化自卑"当作"文化自信"。否则,就会被世人耻笑。

何谓"文化自信"?我认为,"文化自信"的人,延展至国家,应该是——

虚怀若谷。文化自信的人应该虚怀若谷,而文化自负者则高傲自大。民族与国家是个人的放大,有什么样的国人,就会有什么样的民族与国家。一个自信的人或民族应该是谦虚谨慎、容纳万物的。只有这样,他才能吸纳百川。如果高傲自大、盛气凌人,那是文化自负、文化自傲!

开放包容。文化自信的人或国家,是开放包容的,而文化自负者,则闭关锁国。一个开放包容的人或国家,懂得并且能够欣赏差异。他们绝不会闭门锁国、小肚鸡肠、歇斯底里。他们会敞开心扉、开放国门,欢迎并接纳八方来客。中国汉代如此,唐代亦然。汉唐时期,来自东亚、南亚、中亚,乃至西亚的各国人不在少数。东瀛人、天竺人、波斯人、大宛人、胡人,在长安街上来来往往,随处可见。古罗马的情形也是如此。"二战"后的美国,也曾有过类似情况。然而,近年来的美国日渐凋敝,斤斤计较、神经兮兮、歇斯底里。其收紧移民政策,修建"美墨边境隔离墙"、退出联合国教科文组织、世界卫生组织,自筑高台、自我孤立。这就是自负、自闭的表现。

开拓创新。文化自信的人或国家,应该是开拓创新的,而文化自负者,则抱残守缺。文化自信的人或民族是进取的、进击的,更是创新的;而文化自负的人或国家,则故步自封,动辄就"我祖上有之",或则"我祖上的文化如何灿烂辉煌、博大精深"等。祖上的辉煌只能说明过去。民族要有创新精神,离开了创新,终归败落。一个民族,既要仰望星空,又要俯瞰大地。只有这样,才能够立于不败之地。

从容自若。文化自信的人或民族是从容自若的,而文化自负者则缺乏定力。我们常常会遇到一些有定力的人。他们不为世俗和流行的时尚所动。一件旧中山装,可以身穿多年,如季羡林;一套旧家具,可以用上几十年,如钱钟书;一双旧拖鞋穿了多年,如毛润之先生等。可他们却定力十足,自信十足。当然,这些人属于"大家"和伟人,均为凤毛麟角。但他们确实是值得我们学习和敬仰的。我们再看当下。有些人省吃俭用,把节省下来的钱用来买LV包,或香奈儿等"大牌";也有些大款走进西洋商店,一买就是十条爱马仕皮带，吓得店员频频咂舌。其实，这不是文化自信，而是自卑！

前不久，我和夫人赴欧洲旅行。在巴黎的老佛爷百货商场，我们见到诸多购物的国人。他们高声喧哗、旁若无人，大买特买所谓的"名牌、大牌"商品。我们在一旁观看店员和顾客。店员笑着，买家叫着；店员鄙夷地"笑"，买者高傲地"叫"，煞是"一道靓丽的风景"。

我反复琢磨：这难道就是"文化自信"吗？不。这分明是文化自卑！

国人啊！万勿误用"文化自信"，万勿把自傲当作自信，更不要把自卑当作自信！

2018/01/23

谈"悦读经典"

先前在一篇随笔中写道:"当'阅读'成为一种习惯和生活方式,它自然就成为'悦读'了。"这对我而言,确实如此。

我是属于那种"笨鸟先飞"的人。上学时,是那种"忙于功课,心无旁骛"的学生;工作时,是那种"全心投入,鲜于他顾"的员工。因此,很少读"闲书、杂书",故在读书上欠了许多债。比如,二十多年前在华盛顿常驻时购买的那套由温斯顿·丘吉尔撰写的4卷本《英语民族史》,至今尚未阅读;虽然不时地捧在手里欣赏把玩,但就是下不了决心阅读。总是想,等有空时再读吧。可这一等就是二十多年。还有类似的例子。这样就积压下许多应读而未读的书。退休后,有空读点儿闲书、杂书和自己喜欢的书了,偿还先前欠下的"阅读债"。每天的晨读就成了生活习惯。

现在有闲,也有钱买书了。但在这个知识大爆炸的年代,买什么、读什么,是个问题。退休后虽然有点儿闲暇,但时间毕竟有限,因为人的生命是有限的。在有限的时间内,阅读无限的书,只有阅读经典才是上策。

可问题又来了。何为"经典"呢?马克·吐温说:"所谓'经典'，就是那些人人都说'好'，但鲜有人去'读'的书。"这话颇有马氏的调侃风格。2012年出版的《新编汉语辞海》给"经典"下的定义是："指具有典范性、权威性的著作，也指各宗教宣扬教义的根本性著作……"哪本书"具有典范性、权威性"？有谁能够为国民，不，为读书人，开具一个"经典书目"的清单？恐怕无人愿意做。所以，《新编汉语辞海》给出的定义，也只能作为参考而已。

最近，阅读金克木撰写的《书读完了》[1]一书。这是一本严肃的书，但却用了个有趣的书名。我刚见此书名时心想：有谁能够把书"读完了"呢？但阅读后才发现，金先生所说"读完了"的书，是指那些历史上积累下来的、有原创性的、可以反复阅读的，而每次阅读又都会有新发现与新收获的书，如经史子集之类，而那些由此生发出来的"芸芸众书"，当不在此列。

如此看来，这几年间阅读的书当属"经典"，或者是金克木先生所指的"书"吧，如《论语》《道德经》《庄子》《孟子》《圣经》《世界文明史》《西方哲学史》《荷马史诗》和《查拉图斯特拉如是说》，还有《红楼梦》等。根据金克木所说的"书"，《红楼梦》肯定是一部，但那些品读、解读、赏析《红楼梦》的书，不在金先生所说的"书"的范畴之内。

一想到这些书名就让人怦然心动、雀跃不已，更何况阅读它们呢！从这个意义上说，"阅读"难道不是"悦读"吗？

2018/12/04

---

1 《书读完了》，金克木著，上海文艺出版社，2017年5月第1版。

阅读与悦读

日前，观看凤凰卫视节目《锵锵三人行》，主持人是窦文涛，话题是读书。节目中有著名作家和文化学者王蒙等人。在谈到读书时，王先生对"作践自己"式的读书和"悦读"都提出异议。他不赞成古人"头悬梁，锥刺股"式的读书，也对"悦读"（请注意"悦"字）提出异议。

在王先生看来，"头悬梁"式读书，未必收到好效果；"锥刺股"式地作践自己，也未必佳。他说他小时候曾做过试验，得出的结论是：他决不会用这样的方式读书。至于"悦读"嘛，他也持有异议。阅读、读书，本来是件苦差，怎么会"悦"呢？

对王先生的上述观点，本人"有保留地"赞成。尤其同意他的不赞成"作践自己"式的读书。我小时候，也在困倦时读过书，曾经用手使劲儿地掐大腿内侧，以使自己清醒、驱走瞌睡虫，但效果极差。我当时认为，这是大人为欺骗孩子而编造的读书故事。至于"悦读"嘛，我倒是觉得还不能一概否定。

读书的目的不同，要根据目的选择阅读方式方法。有人读书是为了升学考试，有人是为了做学问，也有的是为了消遣或消磨时间。对于前两种，读书确实是"苦差"，应该是"研读"和"苦读"，用"悦读"方式，既不符合实际，也不太可能；对于后两个目的，则可采取"悦读"方式，或泛泛地浏览。

  这也使我想起王蒙先生的另一个读书观点。他主张不要一味地读那些轻松的读物，要花点儿气力、动点儿脑筋，读点儿"吃力的、难懂的书"（大意如此）；否则，人就不会进步，也不会提高。对于这一观点，我是极其赞成的。记得自己先前读《楚辞》和《庄子》时就很吃力，那是硬着头皮读的。有些东西当时不理解。但后来随着知识的积累和阅历的加深，也就逐渐理解了。

  我认为，有些书可以躺着读，有些可以站着读，有的书则一定要"正襟危坐"地阅读。对于那些武侠小说之类的书，可以睡前醒后躺着读，读到哪算哪；对于明清小品和《培根随笔》等，则可以站着读，如利用排队买油条时来读。但对于马克思的《资本论》、罗素的《西方哲学史》或者黑格尔的《美学》等，则必须要正襟危坐地读，而且身边还需放有工具书，以便随时翻阅参考。这样的方式虽然也会产生喜悦，但还不能叫"悦读"。这应该叫作"钻研""苦读"。当然，这也绝非是"作践自己"式的苦读。

  至于"悦读"嘛，也确实是有的。每天早起后煮上一杯咖啡，读上两小时的书，已成了我生活的一部分。倘若某天因故没有按时起床读书，就总觉得缺少什么似的。我就将这种阅读称为"悦读"。

  当"阅读"成为一种习惯和生活方式，它自然就成为"悦读"了。因此，还不能对"悦读"一概否定。不知王先生意下如何？

2018/01/21

谈傲慢

傲慢有时令人讨厌。我是说"有时"。这就是说，在特定的时间和地点，表现出某种程度上的"傲慢"，也是可以理解的，或者说是"必要的"。

在日常生活或社会交往中，有时会碰到个别人高傲自大、盛气凌人、目空一切。这种人，有的可能出身望族，有的可能身居高位，有的可能在某个领域取得突出成就，诸如此类，不一而足。

其实，这些高傲者，都缺少良好的修养或者良好的职业道德。他们看问题偏激，只知其一，不知其二，以偏概全，或以己之长比他人之短。对于这种人，须以"高傲"对之。若能让这些人知晓富不过三代、官不过二代、诗人的儿子未必是诗人的道理更好；若无此可能，你至少要在心理上战胜他，或者拿出你的强项和他相比。这会增强你的自信心。对这些人要平起平坐！至少，在气势上不要输给他，因为"人人生而平等"。这不仅是自信，更是个尊严问题。

因工作关系，我这几十年间见过不少大人物：大作家、大诗人、大艺术家，甚至大官等。我突出的感觉是：他们越"大"就越谦虚，越谦虚就会越"大"。我至今还记得，1988年在人民大会堂门外，见到大作家和文史专家唐弢先生时的情景。当时刚从"郑振铎先生纪念展览会"走出门外，我见到了唐弢。这可是我仰慕已久的大师啊！我鼓足勇气走上前去，用颤巍巍的声音，请他在一本与其关系不大的书上签字留念。他看了看书，然后又看了看我，微笑着在书的扉页上写了"兆和同志。×年×月×日，唐弢"。我当时高兴至极！现在回想起来，觉得自己当年的做法太唐突了。但，我们从中不难看出唐弢先生对一位"文学青年"的谦和态度。

大提琴家马友友可谓当今世界首屈一指的音乐演奏家了。可他为人特别谦虚、低调，甚至有点儿谦卑。多年前，他带领一个"丝路乐队"，赴韩国演出，我有幸近距离与其接触。他虽与队友同台演出，但在收获掌声与鲜花时，他却把队友们推到前面……

在南非工作期间，有幸两次与诺贝尔文学奖得主纳丁·戈迪默接触，其中一次是共进午餐。这人也很谦虚，懂得尊重他人，让人感到很舒服。虽然初次见面，但却有一见如故的感觉。

白先勇是世界著名华语文学大家。他也非常谦虚、平易近人，决不"摆阔"，更不"做大"。与其交谈，您会觉得很舒服、很惬意、很自然，绝没有让人感觉到他是白崇禧将军之子，更没有觉得他是海外华语界"超级"作家。白老师的谦虚和平易近人的作风，使人更加尊崇他、敬仰他。

国防部原部长迟浩田战功赫赫，身处高位，又是一位"笔杆子"，是我最崇拜的军人之一。1998年，他访问土耳其时给人留下极其深刻的印象。我因外出办事未赶上与其合影，但他尚未离开。我怯生生地走上前去说明情况，并希望和他照相留念。他二话没说，拉着我的手，就微笑着让别人给我们拍照……

然而，有的官员级别不高不低，不上不下，可却处处摆谱，时时显胜，生怕别人低看他。这种人遇到比他官位高的人，就一副奴才相，见到比自己官位低的人，就一脸主子相。有的作家写了几首好诗词，鼻子就翘得老高，创作几部小说，就低看他人。其实，在中国的专职作家中，有不少人若"断奶"，取消作家的工资制，他们是否能靠写作生存，是令人怀疑的。

奉劝一些"大腕儿"，放下身份、调整好心态，以平常之心与人相处，以谦卑之心与人相交。只有这样，才能受人尊敬、受人欢迎。

2018/11/25

学外语

在北京外国语学院读书时，口语课老师给学生出个辩论题目："未来的世界通用语言会是什么？"让学生在课堂上用英语进行辩论。大家辩论得异常激烈。有人说是英语，有人说是法语、日语、汉语，还有说世界语的。辩论的结果是：无结果。

其实，这是一个根本就不会有结果的问题。因为语言的使用原因很复杂，除了人的生活习惯、环境、历史等原因外，还与被使用语言民族/国家的经济、政治、军事和文化实力等相关。英语尽管使用的人很多，但现在绝非由于英国，而是靠着美国的影响力才实现的。而且，英语是否会发展成为世界语言，也很难说。

现在驻外使馆的工作人员大都会讲外语，即便是工勤人员，也会讲几句生活用语。二三十年前我驻外使领馆工作人员可不是这样，工勤人员大都不会讲外语，工作起来很麻烦，有时不得不使用肢体语言或用手比画描述。诸君都知道，有些事情可以用肢体语言表达，有些则无法用肢体语言表达。

从加拿大回国的一位同事，曾向我讲述该馆厨师去肉店买肉的故事。厨师若想买排骨，就拍一拍自己的肋骨，若买猪耳朵，就指一指自己的耳朵，买猪头肉，就指一下自己的头部。有一次，他想做个熘肥肠，需要买猪肠子，这下子肢体语言就不够用了。他先是拍拍自己肚子，售货员给他拿的是猪肚皮肉，他不要；售货员又给他拿一块猪蹄髈，他也不要。厨师于是在自己肚子上做切割状，然后嘴里发出"哧哧"切割声。售货员知道是买猪肚子里的东西。但是肚子里有心、肝、肺、肠子等，售货员还是没弄清厨师要买的东西。最后，厨师用手指头比画，买那种肚子里的细细的、长长的、软软的东西。售货员恍然大悟，给他拿出一截猪肠子。这笔生意终于做成了，肠子买到了，熘肥肠馆员总算吃上了。

现在讲中文、学汉语的人数日渐增多，到处可以听到"你好、谢谢、再见"等。这主要是由于中国经济发展了，中国在世界上的影响力增强了；这和中国在世界各地推广汉语教学有一定关系，同时，也和"走出去"的国人主动推广汉语有关。我在非洲常驻期间，曾听到一件趣事儿。

我国驻非洲某个国家大使馆的厨师经常去街里买菜。他不会讲当地语言，又不肯学习。但他却教会了当地菜商说中文。方法很简单：谁用中文报菜价，谁的中文讲得好，厨师就买谁的菜；不会讲中文菜商的菜，他就是不买。使馆人员多，菜的用量大，谁都不想失去这个大客户。于是，菜商们都争先恐后地学习汉语。等到厨师三年到期回国时，菜商都可用较流利的中文讨价还价了，而且还带有中国的地方口音。这堪称是一道"靓丽风景"。我觉得国家应给这位厨师颁发"汉语推广模范奖"。

中国经济继续高速发展下去，再过几十年，世界上说中文的人肯定会更多。

2017/06

"此曲只应跪下听"

音乐是没有国界的,优秀音乐是人类的共同财富,为世人所喜爱。

中国二胡演奏曲《二泉映月》,就是这样的优秀音乐。它已超越了人类语言、听众族群与社会阶层,为世人普遍理解、接受、喜爱与欣赏。该乐曲原创者华彦钧(阿炳)用自己的心血和泪水,谱写了这首千古绝唱。与唐代诗人张若虚创作的《春江花月夜》笑傲古今中国诗坛一样,华彦钧以这首《二泉映月》享誉中国乐坛。

这一点可从两位世界级音乐指挥家小泽征尔和尤金·奥曼迪的虔诚态度中看得出来。

1978年6月,世界著名指挥家小泽征尔到访北京,指挥中国中央乐团演出,演奏了《二泉映月》。次日,他应邀到中央音乐学院进行交流。当他听完女学生姜建华的二胡独奏《二泉映月》后,情不自禁地掩面而泣。他虔诚地说,这种音乐"只应跪下听"。他一边说着,一边从椅子上顺势跪了下去。当时坐在他身旁的中央音乐学院院长赵沨赶紧拉着他的手,把他扶到座位上。小泽征尔又喃喃地说:"如果我事先听了这次演奏,我昨天是绝对不敢指挥这个曲目的，因为我没有真正理解它，我没有资格指挥这个曲目！"小泽征尔这段往事，在乐坛传为佳话。

  无独有偶。在中国和美国建交前，即 1973 年 9 月，美国费城交响乐团访华演出时，也发生过类似的情况。时任费城交响乐团指挥尤金·奥曼迪，前往中国中央乐团排练。中央乐团指挥李德伦简单地介绍该团的历史后，便指挥乐队演奏了《二泉映月》。奥曼迪极为欣赏，深受感动，几近落泪。他事后向李德伦提出，希望得到这首乐曲的总谱。但因当时正值"文革"期间，出于政治原因，中方回避了奥曼迪的多次请求，始终未能向美方正式提供《二泉映月》的乐曲总谱[1]。这不能不说是文化交流的一大憾事。

2018/04/03

---

[1] 详见《金桥新篇——新中国对外文化交流 50 年纪事》，文化艺术出版社，2000 年 12 月第 1 版，第 533—536 页。

谈"六艺"和"七艺"

中西文化各有异同，各有千秋。武断地说某种文化优越于他种文化的人，不是怀有文化偏见，就是一叶障目，或者只见树木，不见森林。譬如，中西文化有"六艺"或"七艺"和"九艺"[1]之说。这既是两大文化的相同之处，也是其不同之点。

中国传统文化有"六艺"之说。这是指中国早期教育体系中的课程设置。对于"六艺"之说，有两种解释。一种指的是"六经"，又称作"六艺"，即《易》《书》《诗》《礼》《乐》和《春秋》。《乐》已经失传，据说毁于秦始皇的"焚书坑儒"。"六经"（"六艺"）是中国古代的六部经典著作，堪称中华文化之"根"。古往今来，许多中国知识分子孜孜以求，终其一生研读、诠释"六经"，故有"六经注我，我注六经"之说。由此可见"六经"在中国传统知识分子心目中的地位。

---

[1] 有关西方的"九艺"和"七艺"之说，请参阅 *The Oxford Companion to English Literature,* Edited by Margaret Drabble, Oxford University Press, 5th Edition, Published in 1985 P. 830 和 *IDEAS, A History of Thought and Invention, from Fire to Freud* by Peter Watson, Published by Harper Perennial, 2006, P. 363–380.

关于"六艺"的另一种说法，是指六种"技艺"，即礼、乐、射、御、书和数。"六艺"也好，"六经"也罢，这些都是中国早期教育内容、知识分子所研习的主要经典著作和"技艺"。"六经"和"六艺"，对于中华民族文化（集体人格）的形成与发展，无疑起到了关键性的作用。

无独有偶。在古代的西方文化中，则有"九艺"和"七艺"之说。这是指西方早期教育的主要内容。"九艺"是指：语法、逻辑、修辞、算数、几何、天文学、音乐、建筑学和医学。前三项，即语法、逻辑和修辞，通常被称作"人文科学"，后六项则被视为"自然科学"。在古希腊和古罗马的学园/学校的教育课程和学术研究里，先后包括了上述内容。到了欧洲中世纪早期，建筑学和医学从"九艺"中剔除，作为两个独立的学科来研习；于是，"九艺"就演变为"七艺"了。

从中西的"六艺""九艺"和"七艺"对比中，我们不难看出以下几个特点：

一是中西方的教育内容都包括音乐和算数两个科目。算数是一切学科和学问的基础，做任何事情或学问都或多或少地与算数相关，因此，算数是东西方教育中的必修课。音乐则可以启迪心灵、开发心智、提高受教者的人文修养和文化素质，因此，无论是中国的儒家教育，还是古希腊和古罗马的早期教育，都含有此项内容。

二是相比较中国的教育而言，西方教育更关注自然科学。在西方的"九艺"中竟然有五项属于自然科学，即算数、几何、天文学、建筑学和医学；即便是"七艺"，西方教育的自然科学内容也比中国的多。中国的自然科目只有算数一种，属于"纯自然科学"。当然，这种分类也绝非一刀切，自然科学中含有人文科学，人文科学中也包含自然科学的内涵。

三是中国人更注重学生、学者的"技艺"和"技能"培养。射箭和驾车，纯为技艺、技巧和技术性的；而西方则偏重于对学生的综合素质、思维能力和语言表达能力的培养，如逻辑学和修辞学等。中国"六艺"中的"礼"，是西方没有的。中国教育很注重礼仪，故而中国有"礼仪之邦"之美誉。这是西方早期教育中所没有的，至少西方没有将其作为一门主课来教授。

四是语法学。先有语言，后有语法。语法是对语言现象的概括和总结，反过来又作用于语言，对语言的准确表达、规范、改进和提高，具有能动的指导作用。作为一门学问，中国的语法学形成比较晚，第一部语法书是由清末学者马建忠在19世纪末撰写的《马氏文通》。也就是说，作为一门学问，或曰学科，中国人系统地研究语法相比西方人要晚得多。西方人很重视逻辑学和修辞学。无怪乎西方政治家多为演说家，这恐怕与逻辑学和修辞学进课堂不无关系吧？

综上所述，我们不难看出，文化交流的重要性和必要性。只有通过交流，各国及各族文化才能取长补短，不断提高。

2020/07/20

谈"软实力"和"硬实力"之关系

近年来，人们经常大谈特谈"文化软实力"。仿佛不谈就会落伍似的。于是乎，各人竭尽其能事，将"软实力"谈得天花乱坠，仿佛它无所不能。

其实，那些过分夸大"软实力"作用的人，他们忘却了马克思主义的一个基本原理，即经济基础和上层建筑的关系问题；他们忘记了"硬实力"是经济基础，"软实力"属于上层建筑范畴。在沾沾自喜"软实力"重要作用的同时，他们忘记了"软实力"的根基——"硬实力"，即经济实力和综合国力。

我们不得不承认，"软实力"和"硬实力"确有互补的作用。这就是"上层建筑反作用于经济基础"的原理；但万勿将"硬实力"和"软实力"本末倒置，弄混了主次。

那么，"硬实力"和"软实力"究竟是什么关系呢？我想借用三个比喻来说明二者之关系。

一是"硬实力"和"软实力"近似于"锦"和"花"的关系。有了"硬实力"的"锦"，方可在其上面增添些"软实力"的"花"，使其更加美观耀眼、光彩夺目。但这也要"艺术家"来添，由"懂艺术"的人来设计、绘制。这才叫作"锦上添花"。如果让那些毫无艺术细胞的人来"添",往往会弄巧成拙,画蛇添足。

二是"硬实力"和"软实力"就如同"皮"与"毛"的关系。一定是先有"硬实力"的"皮",后有"软实力"的"毛"。皮之不存,毛将焉附?

三是"硬实力"和"软实力"宛若"1"和"0"的关系。有了"硬实力"这个"1",您在其后加上一个"软实力"的"0",就是10,加两个"0",就是100。如果没有这个"硬实力"的"1",您就是画100个"软实力"的"0",其结果仍然是"0"。

在国人大谈特谈"文化软实力"的时候,我常常想,我们的先人创造了灿烂的文化:四大发明、诸子百家、唐诗、宋词、元曲、明清小说等。这些都是中华"文化软实力"吧?民国初期杰出外交家顾维钧的口才过人、英语也炉火纯青。他在1919年巴黎和会上的发言,可谓言之凿凿、文采飞扬。可这个发言最终为何没阻止大会将战前德国在山东的特权转交给日本?主要原因是当时的中国缺乏"硬实力"!

中华人民共和国成立后,尤其是改革开放以来,为什么中国的"软实力"提高了?为什么中国发声,世界就聆听?为什么中国打喷嚏,世界就跟着感冒?难道仅仅是由于我国"软实力"的提高所致?不是,绝不是。其主要因由是:我国的经济实力、军事实力、科技实力和综合国力增强了,现已成为世界第二大经济体。有了综合国力这个"硬实力"的基础,我们方能在此基础上打造文化的"软实力"。

国人在大谈特谈"软实力"的时候,必须明白这个道理,即没有"硬实力"支撑的"软实力",就不是实力;没有"硬实力"

支撑的"软实力",就是个"软柿子"。

当然,"硬实力"和"软实力"具有相互推动、彼此促进、优势互补的作用。我们应该在增强"硬实力",即经济实力和综合国力的同时,大力发展文化"软实力"建设,为"硬实力"的进一步提高赢得良好的国际国内环境,打造有利空间,推动二者共同发展、比翼双飞。

2017/10/21

谈"文艺复兴人"与"跨学科人才"

现当代大学的学科门类分得很细。这既有利,也有弊。利,这可能会使人在某一特定领域深入钻研,成为专家;弊,则可能使人的知识面相对狭窄,缺乏宏观视野。有鉴于此,现在的政府提倡培养"跨学科人才"。

其实,中国古代教育提倡"通才",即"跨学科人才"。孔子曰:"君子不器。"何谓"器"?"器"指的是器物、器皿、器具。《周易·系辞传》里说:"形而上者谓之道,形而下者谓之器。"有了固定形体的就叫器。器一般只有一种用处,譬如碗是用来吃饭的,杯子是用来喝水的,干别的就不成了。君子要做"通才",即多面手,什么地方都可用,要掌握无往不通的"道"。"君子不器"就是说,君子不要成为自限其用的器皿。要想做君子,就要学成"通才[1]",即"跨学科人才"。

在西方文艺复兴时期,也倡导并鼓励培养"跨学科人才"。佼佼者被后来人誉为"文艺复兴人",或称为"博学多才者"。这

---

[1] 本段对"君子不器"的解释,详见《论语正宗》,马恒君著,华夏出版社,2014年3月第1版,第23—24页。

类人才,一般要精通(不是泛泛地掌握)至少三门以上的艺术门类。西方学者彼得·伯克在其撰写的《意大利文艺复兴时期的文化与社会》一书中,共列举了15位"文艺复兴人"。在这15位通才中,有14位建筑师、13位画家、10位雕塑家、6位工程师和作家[1]。"文艺复兴人"大都深谙绘画、建筑或雕塑等;他们应该是"全才",例如要精通音乐、懂得舞蹈、深谙哲学和神学等;而且,还必须能够写一手好文章,即要精通"典雅文字"。

按照此标准,被奉为"文艺复兴典型人物"的莱奥纳多·达·芬奇,还配不上"文艺复兴人"这一头衔。他是绘画巨匠(尽管其留下的作品不多),也孜孜不倦于土木工程、航空和科学观察等。但他设计的机器不能运转,尽管其绘制的草图和计算蛮不错。他虽然是那个时代的天才,但还不能算作地道的"文艺复兴人",因为他的短板是欠缺"典雅文字"。他不会拉丁文和希腊文,也从未写过诗歌和演讲词,对哲学和理论也无建树,对历史也不感兴趣,他又不是建筑师和雕塑家,最糟糕的是——他不喜欢音乐!

最有代表性的"文艺复兴人"是阿尔伯蒂,意大利文艺复兴时期最有影响力的建筑师、建筑理论家,其10卷本的《论建筑》著作,为当时最富有影响、最具代表性的建筑理论著作。他还是画家、理论家、诗人、哲学家和神学家。

若按照对"文艺复兴人"的评定标准,当代中国的郭沫若似乎最符合条件,尽管有些人对其尚存争议,且颇有微词。他和鲁迅一样,都是学医的(自然科学),他是作家、戏剧家、书法家、

---

[1] 详见 *Ideas, A History of Thought and Invention, from Fire to Freud*, Peter Watson, Harper Perennial, 1st Edition, 2006, P.411.

历史学家、考古学家、语言学家、翻译家（精通多种语言文字）、大诗人，最重要的是他深谙"典雅文字"！

在当今教育制度下，中国是否能够培养出自己的"文艺复兴人"和"跨学科人才"，能否再出现"鲁郭茅，巴老曹"式的文学大家？我们翘首以盼。

2018/02/11

谈"天才"与"疯子"

在北京外国语学院读书时，梅仁毅教授给我们班上精读课。学生既崇拜他，又特敬畏他。当面叫他"梅老师"，背后都亲切地称他"老梅"。他的知识面宽、表达能力强，课讲得好，学生特爱听。下课后，学生总是围着他，谈天说地，闲聊。

有一次，大家谈到几位世界级天才人物时，"老梅"说："大天才，有时和疯子只有一壁之隔。"继而大家议论一番，然后散去。

这事后来不时地萦绕在我的脑海。每当读书遇到一位"天才"作家或哲学家时，总不免联想起"老梅"的那句话。

最近，阅读雅克·巴尔赞的《从黎明到衰落》时，就在书中遇到几位学术天才。该书对著名小说家萨德（Sade）就有这样的描述："两位小说家中的第一位，萨德伯爵在活着的时候时而被看作疯子，时而又被视为罪犯。他生命中的大部分时光是在监狱和疯人院中度过的[1]。"

萨德写过多部小说，多与"性虐狂"有关。"性虐狂"（sadis）

---

1 详见 *From Dawn to Decadence, 500 Years of Western Cultural Life, 1500 to the Present*, Jacques Barzun, Harper Perennial, 2000，P. 447–448.

一词，就源自其名字。其代表作有《美德的厄运》《朱斯蒂娜》和《朱丽叶》等。萨德的文学造诣很深，富有创意、机智风趣。他在淋漓尽致的描述和栩栩如生的细节描写方面，极有天赋。

这使我不禁联想到中国几位天才诗人。第一位就是笔名"海子"的查海生。这绝对是一位天才的诗人。由冰心担任主编，董乃斌和钱理群担任副主编的《彩色插图中国文学史》，就是以海子殿后的。我每次阅读海子，他那些美妙而独特的诗句，总使我产生联想，并给我以美的享受，如——

村庄是一只白色的船／我妹妹叫芦花（《村庄》）

多么简约、洗练而又平易的文字啊！可它们组合在一起，却创造出一个优美而令人向往的意境。

太阳把血／放入灯盏（《夜月》）

早晨是一只花鹿／踩到我额上（《感动》）

这些诗句有多美呀！但是，您不能认真推敲，更不要用理性分析。否则，就破坏诗的优美的意境了。

记得多年前，我在读过《海子诗全集》后，信笔在书中空白处写道："好的诗人如同'疯子'，绝美的诗词如同'疯话'；但它们却产生美妙的意境。"

真可惜呀！海子最后卧轨自杀了。这不能说是正常的。我一直怀疑他没有死，是缪斯把他召回到天上去了。

再说顾城。我是读着顾工、田间和郭小川等诗人的诗歌长大的。他们的诗作大部分都是歌颂新时代、歌颂劳动者的现实主义作品。可当我读到他们的"儿子辈"，如顾工之子——顾城的作品时，则产生截然不同的感觉。

黑夜给了我黑色的眼睛／我却用它寻找光明（《一代人》）

其丰富的思想内涵与深刻的人生哲理，是其父辈诗人远不可及的。但是，很可惜，顾城也自杀了。他或许也是被缪斯召回天上去了。但这种"召回法"也实在太残忍了。

　　还有位大家熟悉的诗人，徐志摩。他虽然没有跨过这"一壁之隔"，但他的生活也"出奇的浪漫"，就是死也要"浪漫地"坐着飞机死去。

　　梵高是国际美术界少有的天才。但可惜的是，其画作在他死去多年后才被世人接受；更为可惜的是，他也跨过了这"一壁之隔"，最后把自己的耳朵都用刀子割掉了……

　　海子和顾城都是天才的大诗人。不过，二人非常可惜，都跨过了这"一壁之隔"，走向极端，由正常走到不正常。这或许就是哲学上的"物极必反"吧？

2017/11/25

谈东西方文化里的鸟

（一）喜鹊

喜鹊，在东西方文化中有不同的寓意。在西方文化里，喜鹊的名声不好。它与"爱饶舌、好搬弄是非的人"和"喜欢储藏零七八碎物品的人"相似。在捷克文化中，喜鹊被看作"小偷"，因为它常常嘴上叼着闪光的小物件儿[1]飞来飞去。这些都属于贬义。然而，在中、日、朝、韩文化中，喜鹊却占有很高的地位，享有美名，为人所爱。

东西方文人都愿意将鸟类入诗。有稼轩词为证，"心急马行迟。不免相烦喜鹊儿。先报那人知"。欧阳修也曾写过，"腊雪初销梅蕊绽。梅雪相和，喜鹊穿花转"。在我国，喜鹊因其和大众生活相关，常常出现在人的婚姻嫁娶之时的树梢上，加之一身黑白相间的羽毛，对人友好，煞是可爱，人们把它视为家有喜事的象征。

西方人爱在诗中描写云雀、夜莺和信天翁等。英国诗人华兹

---

[1] 根据一位长期在捷克工作过的同事所言。

华斯和雪莱写过《致云雀》,济慈、阿诺德和布里吉斯等都写过夜莺,柯勒律治在诗中描写过信天翁。

中国文人则喜欢在诗词中描写喜鹊和燕子等。乾隆皇帝写诗称:"喜鹊声喳喳,俗云报喜鸣。"《水浒传》中有诗曰,"今朝喜鹊噪,知是贵兄来"。当代诗人贺敬之有"喜鹊枝头叫喳喳,娃娃们争抢把手拉"的诗句。描写喜鹊的诗句俯拾皆是。

朝韩半岛文化与中国的相似,喜鹊、龙凤、龟鹤都是吉祥的象征。日本也有"七夕节",但叫作"七夕祭"。这源于中国"牛郎织女鹊桥相会"的故事。

在各种常见的鸟类中,我最喜欢喜鹊,从儿时起就喜欢。这与我的生日有关。我出生于旧历七月初七,即"七夕节"。小时候读"牛郎织女",深为这个凄婉的故事所感动。织女是仙人下凡,爱上人间的牛郎并与其结婚生子。王母娘娘得知后百般刁难,织女无奈只好返回天宫。牛郎挑着担子,筐里装着孩子上天追赶织女。眼看就要追上了,王母娘娘取下头上银簪在天上一划,就出现了一道难以逾越的银河。

牛郎和织女从此天各一方,不再相见。好心肠的喜鹊得知后,在一起叽叽喳喳地开会,会议决定:在每年旧历七月初七这天晚上,喜鹊聚集在银河上,搭桥让牛郎织女"鹊桥相会"。这深深地感动了我。从此我就特别喜欢喜鹊,仿佛与自己相关似的。

现在中国青年人愿意过西方的情人节。其实,远在西方情人节出现之前,中华民族就有了自己的"情人节"——"七巧节",或称为"七夕节"。我倒是觉得中国人应该过自己的"情人节",即"七夕节";或者既过西方情人节,也过中国"七夕节"。这多浪漫啊！

话再说回来，继续谈喜鹊。喜鹊和乌鸦都属于益鸟，与百姓生活相关。民间想出许多办法保护它们。老人说，喜鹊和乌鸦不能打，更不能吃。吃乌鸦的人生育后代要"黑三辈儿"、吃喜鹊要"白三辈儿"。当然，不是东方女子喜欢的白皮肤，而是像得了"白血病"的那种"白"，白得可怕！因此，就是在中国的三年困难时期，也无人打乌鸦和喜鹊吃。

喜鹊和乌鸦将继续与人类和睦相处。人类在，喜鹊和乌鸦就会继续存在。

（二）乌鸦

乌鸦、喜鹊、麻雀和燕子等与人类生活密切相关。有人类的地方几乎都有它们的身影。

在中国文化中，喜鹊和燕子都有好名声和好人缘，乌鸦名声最差。在鸟类中，能够入诗入画的恐怕也还是燕子和喜鹊居多。有些观点认为乌鸦不吉利。我们形容人说丧气话不幸言中时，往往称他是"乌鸦嘴"。成语"爱屋及乌"对乌鸦的评价也不高，爱人者，兼爱其屋上之乌，即爱一个人而连带地关心跟他有关系的人和物。

其实，这些都是对乌鸦的误解。乌鸦是益鸟，有诸多优秀品质。我要给它"翻案"。

乌鸦知道感恩，是反哺之鸟。乌鸦母亲一般喂雏鸦两个月。小乌鸦长大后为了报恩，在母亲年老体衰时也会喂养母亲。我看过一段乌鸦感恩的视频。一只小乌鸦不幸从树上窝里掉下摔坏了腿。一位有爱心的奶奶拾起后亲自喂养，直至其腿好后放飞。可这只乌鸦知恩图报，经常把它捕捉到的"美食"衔来，放在老奶奶的窗台上。这"美食"就是它喜欢吃的老鼠。

乌鸦是益鸟。它至少以"四害"中的一害——老鼠为食。儿时听老师说，一只乌鸦一年至少能消灭几十只老鼠，可以为人类节省许多粮食。

乌鸦是高智商的鸟，其智商和一个5~7岁的儿童差不多。中国小学课本里有篇尽人皆知的乌鸦从深瓶子喝水的故事，这里不再赘述。乌鸦吃坚硬的果子，叨不开就放在公路上，让过往汽车轧碎后它再吃。有人测试乌鸦智商。把一只死鼠用长绳子吊在电线上，乌鸦可以用嘴把绳子叼起一段，然后用爪抓住，再叼起一段，再用爪抓住，直至把食物吃到口为止。

乌鸦记忆力超强，且有正义感。你可千万不要招惹它，更不要打它。否则，它要报复你，和你没完没了地纠缠。

听朋友讲过一个真实故事。一位在巴基斯坦常驻的同事，有一天无意中打了乌鸦。这可把乌鸦惹火了。第二天，那只被打的乌鸦叫来一群乌鸦和这位同事"吵架"。它们先在窗外树上"叫骂"不停。这位同事想轰走树上的乌鸦，结果刚出门还未来得及赶呢，就被俯冲下来的一群乌鸦冲回屋子。他后来换了服装去上班，可还是被乌鸦拉了一身粪便。

打那以后，这群乌鸦时不时就来骚扰这位同事，持续近一年之久。最后，该同事实在没办法，他提出转馆。惹不起你，还躲不起吗？组织上还是通情达理的，同意他转馆。这才结束了一场无休止的"鸦人大战"。

我们一定要尊重每一种生灵。任何一种生灵的生存都有其合理性。人与自然应该和睦相处、互相尊重、互相包容才是。

（三）猫头鹰

在东西方文化中，不同的动物形象都有特殊含义与象征。龙和蝙蝠在西方文化中的寓意都不好。而在中国，龙是吉祥物，是中华民族的图腾，蝙蝠的"蝠"与"福"字同音，因而有"多福"的寓意。

狐狸在西方人眼里，是可爱的小动物；而在中国文化中，狐狸名声不佳，例如"狐狸精""狐媚人""老狐狸""狐臊"和"狐臭"等，都是贬义词。

猫头鹰在西方文化中象征着智慧。英语有"像猫头鹰一样的智慧"的习语。黑格尔说"密涅瓦[1]的猫头鹰在黄昏时起飞"，用来说明哲学是一种反思活动和沉思的理性。但在中国，尤其在乡村，猫头鹰往往与黑夜、阴间、死人等联系在一起。猫头鹰的叫声凄惨，令人发怵。在乡下有"猫头鹰一叫，就要死人"的说法。其实，这都是强加于猫头鹰头上的不实之词，应为其"平反昭雪"。

猫头鹰是益鸟，是人类的好朋友。它可以帮助人类消灭病虫害。它是鼠类的天敌，其作用绝不亚于家猫。这种鸟也知道感恩，绝不主动伤害人。这方面也有许多故事，不再赘述。

猫头鹰很绅士，也很镇静，有"任你风吹浪打，我自岿然不动"的大家风范。

日本人很喜欢猫头鹰。在日本，有猫头鹰工艺品专卖店，更有专门收集各类猫头鹰工艺品的雅士。

有位长期从事对日工作的朋友告诉我，他有个日本朋友，长期对华友好，但有个嗜好，就是收集各种与猫头鹰有关的小物件

---

[1] 密涅瓦（Minerva），指希腊神话中的智慧女神雅典娜。

和艺术品。这位中国朋友也讲义气，代他收集各种猫头鹰纪念品，水晶的、木质的、玉石的、青铜的、银制的，甚至还有金质的猫头鹰造像。后来，这位中国朋友赴日本访问时，竟然给他的日本友人带去一旅行箱的猫头鹰工艺品。这位日本朋友深受感动。

  离别的时间越久，我就越发觉得这位中国朋友具有猫头鹰的品质：重友情、讲义气，知恩图报，是一位真君子也。

2016/09

第五章
文心微语

人生绝非百米冲刺,而是马拉松长跑;最终能否胜出,取决于您的体质、毅力、心态和坚持。

——沼荷——

少年时分遇恩师

　　我不愿回忆往事，觉得那是老人的事儿。可近来却常常想起中小学，尤其想起中学的班主任——杨延荣老师。

　　我是1968年升入初中的。当时"文革"正如火如荼地进行着。学校通常是上午上课，下午跳"忠字舞"，热闹得很。

　　杨老师刚从师范学校毕业，比我们也大不了几岁，教数学。她为人好强，人长得又漂亮，在学校里很打眼。

　　全班有40多名学生，大家一到下午，就排着队在操场跳"忠字舞"。杨老师想通过跳舞来物色班干部。她先后让几个学生领唱、领跳。经过几个回合后，她最终选定了我。

　　杨老师培养我当班长。那时候，学校经常召开各种大会：声讨会、批斗会、庆祝会和讲用会等。会前各班级总要"拉歌比赛"。这时候班长就派上用场了：起歌、领唱、指挥，和兄弟班级进行拉歌比赛。哪个班的歌声洪亮、齐整、有气势，哪个班就是胜利者。杨老师的班级通常受到表扬。

　　中学三年的学习生活是愉快的、顺利的。由于"积极参加"社会活动，并起到"表率"作用，加之努力学习，自己是班里最先加入共青团的,后来又当上团支书。在学校里也是"小红人儿"。

三年时间一晃就过去了,马上毕业了。当时农村学生毕业后只有两条出路:参军、回乡。我一心想参军。

有一天上早自习时,杨老师把我叫到门外,悄悄地问我:"兆和,你想升学吗?"我猛然一怔,然后说道:"升学?想啊!"

她小声说:"马上就开始报名参军了,之后再推选升学的。你今年可以不报名参军,等着升学吧。"

我应声答道:"嗯。"转身就走。杨老师一把拉住我,小声地嘱咐我:"你可千万不要告诉别人啊!"

我答应着,回到自己的座位,心怦怦地跳。心不在焉地上早自习。

不久后,学生就报名参军:填表、政审、体检。我没有报名。

征兵过后,学校就开始推荐升学。在我们四个毕业班中,每班推选6人升学,全年级总共推荐24人。升学的程序是:先在班里由学生和班主任共同推荐、初选,然后报经校委员会审核、平衡、批准后,保送上级主管部门。

班里推荐时,杨老师站在黑板前,手拿粉笔,统计公开推荐的票数。我的得票率最高。我们班是全年级第一班。推荐上来的学生,全年级又进行排队,我既是第一班的第一名,又是全年级的第一名。

就这样,我于1971年3月被保送到长春外国语学校英语班学习三年多英语。1974年8月毕业后,我又有幸留在大城市——长春,在东北师大附中做英语老师。1977年全国恢复高考后,我于1978年考入北京外国语学院英语学系。1982年毕业,又有幸留在北京,加入文化外交行列。

现在回想起来，我这前半生（退休之前）遇到许多贵人，他们给予我无私的帮助，尤其要感谢那几位决定我命运的人物。其中，就有这位至今难以忘怀的中学班主任——杨延荣老师。

我是幸运的，是那个不幸时代的幸运儿……

2018/06/01

独特的生日礼物

整理书房，有一本英文书格外引起我的兴趣。书的扉页上写有英文字。一看便知是送给朋友生日的礼物："For you, my dear friend — Carolyn! who admires old China—as I do. Bless you on your birthday — this third day of Sept, 1966. From Hildee"。英文字大意是："赠给我亲爱的、和我一样热爱古老中国的朋友凯洛琳！祝你生日快乐——1966年9月3日，您的朋友西尔迪。"

这书是韩素音的长篇小说《残树》(*The Crippled Tree*)，是我从美国一家古旧书店淘来的。这段文字透露出几个信息，其中一点尤其令我唏嘘、赞叹不已：在朋友过生日时，送一本朋友喜欢的书作为生日礼物。这是何等高雅的事呀！这反映出读书人"君子之交"的关系，也折射出那个时代的社会风尚；同时，还透露一个信息：两人都是读书人，又都热爱古老中国。

这不禁使我联想起2002年，我刚到南非工作时的一件往事。南非作家大会主席奥利芳特教授，在一次文化活动中，邀请我上台即席讲几句话，并借此机会赠送给我英文书《南非百年短篇小说集》。

那个时期，我正在潜心阅读并翻译南非短篇小说。我曾就此事请教过奥利芳特教授。他是个有心人，故有此赠书。我当时如获至宝，非常激动。手捧此书，向观众说的第一句话是："正如英谚所言，'A friend in need is a friend indeed'（需要的朋友，才是真正的朋友）。"我随即把这个谚语中的"朋友"改作"书"，即"A book in need is a book indeed（需要的书，才是真正的书）"。观众先是沉默，然后便是一阵掌声。

人在高度饥饿时，应该送食物给他，不要送黄金；书也一样，在需要之时，它胜过黄金。

再回到凯洛琳过生日时朋友送她图书一事上。我在想：不知当下有多少人会在朋友过生日时送一本书做礼物？甭说普通人过生日了，就是在知识分子之间，又有几人会在朋友过生日时会赠送书的礼物呢？

2018/02/19

我的红皮护照

在我的抽屉里珍藏着七本红皮护照。我不时地取出来翻阅、把玩。虽然均已过期，但它们仍是我的心爱之物，记录着我的外交足迹和成长历程：菲律宾、美国（华盛顿）、以色列、土耳其、南非、韩国和美国（洛杉矶），随员、三秘、二秘、一秘、参赞。这岂止是单纯的外交护照，分明是七本"故事集"啊！它们陪伴我经历了许多风雨、度过了多少个不眠之夜，也见证了祖国的腾飞和日渐强大。

在这七本护照中，第二本，即第一次赴美国（华盛顿）工作的护照，尤其令我青睐，因为它让我最先感受到中国外交官的尊严，也是它坚定了我在外交战线干一辈子的决心。

我是1989年文化部派驻美国的第一批人员之一。赴任前，局领导找我谈话说："在讨论你赴美常驻时，局领导班子是一致通过的。"言外之意是：组织对你是信任的。我感谢组织对我的信任，并暗下决心干好工作。

1990年6月，我背起行装，赴中国驻美国使馆（文化处）工作。我的心情是复杂的。虽然已经在国外工作过，但赴美国工作尚属首次，自己是否适应，并无绝对把握，心里有些忐忑不安。

我虽然去美国东海岸华盛顿工作，但却在西海岸旧金山机场入境。过海关时遇到一件事，使我至今忘记不得。那次航班上大都是中国人，绝大多数又是赴美国看望留学生的家长。为了减轻子女的经济负担，家长们都随身携带不少行李。许多人因对海关规定不了解，带了不少食物：方便面、火腿肠、小零食、黄花菜、花生米、木耳和蘑菇等，一应俱全。过海关时这可就麻烦了，有些东西是严禁入境的！结果是所有行李都要开箱检查。海关人员对旅客很不耐烦、呼来唤去的，不少人听不懂英语。结果是一片混乱。家长显得可怜无助。

我实在看不下去了。于是便走上前去问海关人员："您需要帮助吗？"海关人员看了我一眼，没有理睬。我于是又用英语一字一句地说："他们不懂英语，您——需——要——帮——助——吗？"

见我一副认真的样子，海关人员不耐烦说："不，我不需要你的帮助！"他仍然不耐烦，且粗鲁地对待我们的学生家长。

我这时实在忍不住了，于是便大声说道："他们听不懂英语。我可以给您当翻译！"

听我大声说话，他就把我叫到一边，粗鲁地问我："你是谁？给我看你的护照！"

我从衣袋里掏出我的红皮护照，交给他。他看了看，表情立刻变了，是"雷雨转晴"。于是，他便笑容可掬地说："先生，请您走这边。"然后便带我走向外交通道。

我对他客气地说："他们不懂英语，我可以给您当翻译。"

"不，先生。我不需要你的帮助。"他微笑着说。

然后，他回过头对同事说："今天很幸运，我遇到一位中国外交官。"他便离开了。

　　捧着那本红皮护照,我的眼睛有些湿润了。我心想:"难道红皮护照就这么管用吗?"

　　我小心翼翼地把护照装进口袋,扣上扣子,还按了按,生怕丢失似的。

　　啊,小小的红皮护照,难道它就这么管用吗?

　　是的。持红皮护照的外交官,是受到《维也纳外交关系公约》保护的,是享有外交豁免权的。我为此感到自豪。这,更加坚定了我在外交战线干下去的决心。

　　如今,我的外交生涯已经结束,但这七本"红皮护照"仍珍藏在我的抽屉里。它们将伴随着我,直至永远……

2015/10/09

我收到的名片

不知是谁发明了名片。它给社会交往带来了方便,但有时也带来些麻烦。

交换名片有许多讲究,或说礼节吧。若违反常规礼节,也令人尴尬,甚至讨厌。有的人喜欢主动上前向名人、要人呈上自己的名片,然后便向人家索要名片,甚至索要手机号。这就失礼,甚至犯忌了。有的年轻人主动认识长者、要人,见面就递上名片,也不看人家是否高兴,立刻索要对方名片,这也会使人难堪。交换名片要看对方身份、场合、时机等,也要看人家脸色,尤其自己是晚辈或职位较低时。

亚洲人,尤其中、韩、日等国人,特别喜欢交换名片。我国的出访团有时十多人拜会对方三两个人,主要成员交换名片也就可以了。一股脑儿全上去交换名片就大可不必了,否则人家会烦,发光名片更是不合适的。

有的人名片上印有许多头衔,使人摸不清到底是干啥的。我就接到一张名片,印有 19 个头衔,看了半天也没搞清楚她究竟是干啥的,令人啼笑皆非。其实,头衔越多的人越不重要、越缺乏自信!

我还收到过几张特殊材料的名片。其一是贵金属名片。此公口袋里装有两种质地的名片，"要人"就送贵金属的，普通人则送纸质。我觉得好玩儿、有趣儿。名片也有"贵贱"之分。其二是竹简名片，也是送给特殊身份人的。

有些名片确实有用，尤其在发展中国家。名片可以"驱邪避鬼"、保佑平安。20世纪80年代后期，我陪同中国驻菲律宾使馆领导和时任菲律宾保安司令的拉莫斯将军（后来当选菲律宾总统）打羽毛球，其副手雷诺送给我一张名片，还签了名。他告诉我："在菲律宾如果遇到麻烦，就拿出这张名片，肯定管用。"我半信半疑。

六年后，即1994年初，我陪同重庆杂技团访问菲律宾。过海关时，杂技团遇到了麻烦。海关人员向杂技团索要小费。演员很害怕，不知如何是好。我过去交涉也不成。海关人员还向我暗示索要美元，我突然想起自己来菲律宾前带上的那张雷诺的名片。于是便夹在护照里递给海关人员。其实，我不知雷诺是否仍为菲律宾保安副司令。我只注意海关人员面目表情。我发现他看到名片时脸一下就红了，手也有些发抖，就像在护照里发现一条毒蛇似的。他把护照赶紧交还给我，立刻全部放行！

我真没想到一张六年前的名片，居然还有这么大的魔力！后来我回忆并且推理：雷诺的夫人当年曾经向我说过，她丈夫是拉莫斯的人。拉莫斯六年后当选为副总统。雷诺只会升官不会降职，肯定还活跃在菲律宾政坛上。因此，海关人员紧张得很，立刻放我们过关。

这种做法是否叫"拉大旗做虎皮"呢？后来我就不再做这种事了，出门在外即便吃点儿小亏，也还是息事宁人好。

2015/03

过一过父亲节

在父亲节的前一天,收到远方女儿的祝福:"祝老爸节日快乐!"我这才意识到:又到"父亲节"了,时间过得飞快!

我记得第一次收到父亲节祝福,是十五年前在南非使馆工作期间。那是南非友人、演出经纪人理查德·劳令发来的。我这才知道,还有个"父亲节"!

说心里话,我没太在意这个"洋节日"。近十年间,我时常收到亲友发来的"父亲节"祝福。直到这次女儿发来的祝福,我才问自己:"父亲节"在哪一天、来历如何、中国过去有无此节日?于是,便做个小小的"调研"。现将了解到的信息和朋友们分享。

父亲节,顾名思义是感恩父亲的节日。大约始于20世纪初的美国,现已流布世界各地,节日具体日期因地域而存在差异。通常的日期是在每年6月的第三个星期日。据悉,世界上共有50多个国家和地区在这一天过父亲节。节日里有各种庆祝方式,大都是赠送礼物、贺卡,家族聚会或类似活动。

世界上第一个父亲节,于1910年诞生于美国。1909年,华盛顿一位名叫布鲁斯·多德的夫人，在庆贺母亲节时突发奇想：既然有母亲节，为什么就不能有父亲节呢？多德夫人和她的5个弟弟早年丧母，由慈父含辛茹苦一手养大。许多年过去了，姐弟6人每逢父亲的生辰忌日，总会回想起父亲的养育之恩。

在拉斯马斯博士的支持下，她给州政府写了一封措辞恳切的信，呼吁设立父亲节，并建议将节日定在6月5日她父亲生日这一天。州政府采纳了她的建议，仓促间将父亲节定为16日，即1909年6月第三个星期日。翌年，多德夫人所在的斯波堪市正式庆祝这一节日，市长宣布了父亲节的文告，规定这天为全州纪念日。此后，其他州也竞相效仿，过父亲节。1972年，美国总统尼克松正式签署设立父亲节的议会决议。这个节日终于以法律形式确定下来，并一直沿用至今。

中国过去有无"父亲节"呢？有。中国的父亲节起源，要追溯到民国时期，即1945年8月6日。上海《申报》刊文《八八父亲节缘起》。该文章称：美国为纪念在欧战中阵亡将士的妻子和母亲，曾创立母亲节。而今，中国应该发起创立自己的父亲节。因"父"字形同"八八"，且"八八"读音也与"爸爸"相同，故号召上海市民，共同过"八八父亲节"。首倡者共10人，分别是：颜惠庆、袁希濂、陈青士、梅兰芳、史致富、严独鹤、费穆、陆干臣、富文寿、张一渠。

8月8日，上海发起了庆祝"父亲节"活动，市民立即响应。抗战胜利后，上海市各界名流，联名敦请上海市政府转呈中央政府，定"爸爸"谐音的8月8日为全国性的父亲节。在父亲节这天，人们佩戴鲜花，表达对父亲的敬重。但很可惜，该节日没能坚持下来，反倒是"舶来品"——美国人倡导的"父亲节"，在国内流行起来。

　　文化是人类的共同财富，能过上父亲节感觉不错。不过，说句心里话，我倒是更喜欢在8月8日这一天过父亲节。原因有四：一是"八八"与"爸爸"同音；二是"八八"是国人喜欢的吉利数字，与"发发"同音；三是可以联想为"八十八岁"，即"米寿"，属于高寿；四是中国人自己曾经设立的节日。

　　愿天下所有的父亲都能幸福地过上八八"米寿"父亲节！

2018/06/17

奉行慎独，保持晚节

我和小川结婚32周年，从事文化外交31年。1984年，我们双双赴菲律宾常驻，开始了我们的文化外交生涯。1990—1994年间，我们又共同到华盛顿常驻。后来，她因家庭原因，中途休假未再返馆。从此我只身一人在外工作。

一个人在国外生活，有时感到孤独、寂寞、枯燥。当时没有手机，更无微信，只能靠鱼雁（信使）传书。每月最幸福的时刻就是收到川的来信。若因故一次收不到书信，就要痛苦好几天……收到书信，会兴奋好几天。我"消磨时间"、解除寂寞的最好办法就是逛旧书摊儿、看书、写调研。每月都会收到刊登我文章的报纸杂志：《文艺报》《中国文化报》《光明日报》《今日中国》《中外文化交流》《对外文化交流》《世界博览》等。每当看到自己的文章，心情就高兴，几乎和看到川儿的来信时的心情差不多……就这样，我一人在使馆工作十五年之久，也不感到寂寞。

和小川一起生活与工作，我们总是在困难时相濡以沫、相互鼓励支持，在成功时总是相互提醒要谦虚谨慎、低调做人。后来长期分开，就是靠书信传情达意。岳母是我大学的老师，她常在她女儿（我妻子）的来信中，写上一页半页信笺，交给她女儿寄我，多数是嘱咐我如何做事做人，不乏批评之语。现在回想起来，那都是些苦口良药或逆耳忠言。

几年前，岳母作古。川儿便充任岳母以前的部分角色：站在圈儿外看我，不时指点品评。在我处于人生低谷时，她总是鼓励我、支持我，使我充满信心与希望；当我工作取得成就，或当我趾高气扬、得意忘形时，川儿总是一瓢冷水泼将下来，让我清醒、低调，不要翘尾巴……

在我文化外交生涯的最后一年间，川儿总是开玩笑地提醒我："你要保持晚节呀！"保持晚节，虽然是句玩笑话，但却寄托妻子的期待，"不求大富大贵，但求平安顺利"。

我能顺利地走到今天、成为祖国的高级外交官，要感谢许多人，但最要感谢的还是我的妻子兼爱人——小川。我们相互鼓励、支持、搀扶，一路走来，使我"保持了晚节"。

2015/09/18

甘于寂寞，驻有所得

俗话说，"外行看热闹，内行看门道"。这话一点儿不假。外交工作也是如此。

在外行人眼里，外交是项很热闹、体面、风光的工作。其实不全是。风光、热闹、体面、尊严，只反映了事物的一面。其后面还有艰难、艰辛、艰苦、忍耐、委屈、寂寞、孤独……

对于外交官，尤其是青年外交官来说，工作多一点、忙一点、累一点倒不可怕；可怕的是无所事事，最可怕的是寂寞与孤独。有些人就是由于耐不住孤独，不甘寂寞而一失足成千古恨……

我本人就经历了外交生涯中的寂寞与孤独阶段，尤其是当家人不在身边时。每逢这时，我就给自己找事儿做，在业余时间锻炼身体、看书学习，不让自己闲下来。在以色列工作期间，我撰写并发表了诸多介绍以色列文化的文章，还翻译出版了犹太浪漫诗人诗作《似花还似非花——犹太诗人拉亥尔诗选》……

在南非常驻期间，我的大部分周末和节假日都是在逛书店、淘书、看书、译书中度过的。我曾拜南非作家大会主席奥利芳特为师，在其指导下搜集、研习、翻译南非名家的文学作品。在其陪同下，还曾两次拜访诺贝尔文学奖得主纳丁·戈迪默，当面请教。在两位文学大师指导下，我完成了《红宝石——南非短篇小说精粹》的翻译工作（不日之内将出版发行）。当我拿着我选译的短篇小说目录向奥利芳特教授请教时，他说："你的选择很好，这些大都是南非名家的名作；有的作者虽不是大家，但作品却是名作。"这我就放心了。

我是在大量阅读的基础上进行筛选，最后才翻译了这 22 篇作品的。我选题的原则是：第一，必须是南非名作家的名篇；第二，作品必须打动我、感染我，否则即便是名家之名作，也不选择翻译。

每当周末从书摊儿抱回一摞书回到宿舍，我就泡上一杯茶，放着音乐，然后对图书进行清理、消毒、盖上藏书章、包书皮，最后再阅读。正可谓：乐而忘忧、不知老之将至。夫人、女儿虽不在身边，但有"经书做伴"，也就无暇"孤独与寂寞"了。这是我排遣寂寞与孤独的方法。青年外交官们不妨试试。

我的一首描写外交官生活的词作《永遇乐》下半阕描写出我的心情：

外交工作，苦乐同具，真的几人知许？忠孝两全，痴人呓语，酸楚自家知。纵横捭阖、觥筹交错，孰能天天如此？为的是、社稷强盛，傲然耸立。

寂寞孤独人人有，关键是要找到排遣的正确方式方法。

2015/04

我的淘书趣

我出生在东北农村。念小学和初中时，正赶上"文革"，无书可读。我当时的求知欲特强，曾遍访过乡间的老师和受过中等教育以上的人。常从他们手里借到一两本书看，阅后即刻归还，以便再借。

给我留下印象最深、对我影响最大的几本书是：杨朔的《东方第一枝》、刘白羽的《红玛瑙集》、秦牧的《花城》、曹靖华的《花》、李瑛的《红柳集》、萧三的《革命烈士诗抄》，还有《陆游诗选》《杜甫诗选》和《唐诗三百首》等。我至今记得借到和读上述书时那种喜悦心情。

念中专和大学时，仍然喜欢读这类书，常从图书馆借阅。直到出国常驻后，自己才开始淘书、买书。我清楚记得，在国外购买的第一本书是林语堂的《文学的艺术》，竖版繁体字，由台湾德兴书局印行。那是 20 世纪 80 年代在菲律宾常驻期间的一个周末，去马尼拉唐人街华文书店购买的，至今还珍藏着。

我"正式"淘书，始于 20 世纪 90 年代初在中国驻美国使馆工作期间。周末常逛旧店。我淘到了赛珍珠[1]的几乎全部单行本著作，还淘到了林语堂的大部分英文版作品。此外，还买到了詹姆斯王版本的《圣经》[2]，丘吉尔撰写的《英语民族史》，精装本4卷，32.95美元。对于当时的我而言，那是很贵的了。

我认真淘书、购书，是在南非工作期间。每逢周末，我就步行到二手书店淘书。诺贝尔文学奖获得者纳丁·戈迪默的作品几乎收集全了，南非通俗小说家威尔伯·史密斯的小说也几乎买全了，还买到了另一位诺贝尔文学奖得主J. M.库切的主要作品。尼日利亚诺贝尔文学奖得主索因卡的作品，也在我收藏之列。我建立了自己的"南非小文库"。

"疯狂购书阶段"是我在海外常驻的最后一个任期地——洛杉矶。美国所有总统的传记、第一夫人传记、第一家庭介绍，以及有关美国总统的工具书等，都在购买收藏之列。我购买了从华盛顿到奥巴马美国43位总统的部分传记。有的总统传记多达十个版本。最便宜的只有1美元，最贵的是尼克松总统签名本自传，168美元。有些书是在旧书店选购的，有些是从亚马逊旧书网上淘得的。

买到旧书后，我就对它们进行清理、消毒、修复、盖藏书章、包书皮，然后阅读提要，先了解书的大致内容，以便再深入研读。真是一书在手，其乐融融啊！

外交生涯结束后，我积攒了不少"财产"——中英文图书。

---

[1] 赛珍珠（Pearl Buck,1892—1973），美国女作家，生于传教士家庭，自幼随父母长期侨居中国。曾在南京金陵大学和中央大学教授英语。1922年起从事文学创作，写有85部作品，大多取材于中国，主要作品有《大地》和《龙子》等。1938年获得诺贝尔文学奖。
[2] 詹姆斯王版本《圣经》(The King James edition BIBLE)，被认为是标准版本《圣经》，一直为西方世界所推崇。

其实，我喜欢买书、藏书，而不从图书馆借书看，主要原因是我阅读时喜欢在书上写写画画、标明重点、写几句感悟等。这就是所谓的"眉批"吧？借书就会受到约束，不能写画，感到很不爽。

回国后，最初是跑北京潘家园旧书摊儿。后来学会了从孔夫子旧书网上购书。这就方便多了，不但可以购得心仪之书，还有人给送到家里。足不出户就可买到好书，感觉真好！

我读书纯属个人爱好与消遣，现已超越了功利主义阶段。这就如同有人喜欢打扑克，有人喜欢搓麻将，有人喜欢下围棋，也有人喜欢打桥牌一样，我的个人爱好是买书、淘书、看书、玩书。这就是"萝卜白菜，各有所爱"吧？

2016/06/05

家乡的河

我的家乡在东北松辽平原。离家不远处,有一条河,名叫伊通河,属于松花江水系。多年前,河水清澈晶莹,岸边柳树丛生。那是小动物和鸟儿的天堂。

我的童年生活大都与这条河流有关:在河边玩耍,在河里游泳、捉鱼、捕虾、抓青蛙、采蛤蜊、采菱角。那里有我的欢乐与梦想,也有苦恼与梦魇……

童年的记忆是清新的。淡季时,河水清可见底,鱼儿清晰可见,我和伙伴们经常用野蒿子编织渔网捕鱼;旺季时,河水翻滚混浊,河上偶尔会漂浮死尸。偶有水漫堤坝外泄。河水外泄时农田被淹,往往会颗粒无收。一到冬天,就可以在冰上滑冰车,打"出溜滑儿",在冰冻"水泡子"(池塘)里捕鱼了。找准位置,用铁钎子凿成冰窟窿,鱼见光亮,且感觉有空气,就会自动跳出冰窟窿。此情此景欢快异常。

家门前的河岸上,有一棵老榆树。究竟有多老,无人知晓,反正是有年头了。人们叫它"歪脖树"。据说这棵树是"护村树"。有它在,这一带村庄就平安无事。我的许多小伙伴儿都认它做"干妈"。母亲也曾经让我认,我就是不肯。听人们说,谁认此树做"干妈",就会保他一生平安。现在看来,这属于萨满教。此乃题外话。

再回到"歪脖树"。20世纪中叶,东北乡村生活大都很贫困,常常吃不饱饭。一到四五月份青黄不接时,家家户户都挨饿。我们只好上山挖野菜。同伴们大都先到树下玩耍一番,然后各自挖菜去了。要走很远的路,偶尔走丢失了,于次日找回家的也有。后来大家都以这棵"歪脖树"做标记,只要能看到这棵树,就不会迷失方向。因此,这棵树对我们儿童和父老乡亲,是亲切的、温厚的、可靠的。它就像一位守护神,日夜为家乡人守卫、站岗、祈福。有"歪脖树"在,家乡人就感到安全,感到心里踏实。

有一年,家乡发生一件不幸的事儿。一位年过半百的老妇人突然想不开,夜里出走投河自尽了。她有五六个女儿,没有儿子。家乡人称这类人为"孤立棒子"。这是典型的歧视语言。现在看可恶得很,愚昧得很。老妇人晚上出走未归。第二天在"歪脖树"下不远处的河里找到了尸体……

打那以后,我就一直不愿再到伊通河里游泳,也不愿再到树下玩耍了。我心里对那个地方有点儿害怕,尤其对那段河流有点儿恐惧;对那棵"歪脖树"是又爱又恨。爱的是我的童年时光大都在它身边度过,恨的是它为什么不保护那位老妇人,既然村民视它为"守护神"?

后来我就上学读书了,再也无暇顾及这棵老"歪脖树"了。从小学、初中、中专、教书,再上大学读书,毕业后参加工作。一直是马不停蹄地向前奔走……

到外地读书工作后,只要父母在,每年都要回家看望父母。而每次回家,还是要去伊通河边散步,希望捕捉到童年玩伴的身影，找寻当年留下的足迹。

如今的伊通河畔，早已见不到那棵"歪脖树"，更不见柳树丛了。昔日那条清澈的河流几近干涸；见不到小动物奔跑，也听不到鸟鸣和青蛙的叫声了。这实在令人悲哀。

2016/08/11

跋

  我热爱文学，且经久不衰。这种"爱"经历了三个阶段，即文童、文青、文叟。如今人虽老矣，可这"爱"却有增无减。童年喜欢读连环画，俗称"小人书"；青少年时喜欢读杨朔、刘白羽、秦牧和鲁迅；老年则更喜欢读张岱、兰姆、培根和蒙田。工作学习之余，总喜欢写点儿小文章，随时记录下自己感想和体会。于是便有了这个集子——《荷风细语》。

  小书共分为五章。大部分文章是在手机上敲打出来的，多为小品，有些文章曾在报纸杂志上发表，也有几篇脱胎于给北大艺术学院学员讲座的讲稿。它们记录着自己近年间的心路历程，也是我工作、生活、读书和旅行的"副产品"。我愿把这些"思想火花"，或曰"鸡零狗碎"，奉献给读者。但愿于读者有所裨益。

  小书的出版，首先要感谢我的爱妻小川，感谢她对我一直以来的全力支持和无私奉献；其次要感谢我的好友、美国洛杉矶华文作家协会荣誉主席叶周先生，感谢他对我在驻洛杉矶工作期间的支持与帮助,尤其感谢他对我的写作及拙作《沼荷随笔》和《荷风细语》两书编辑出版的指导。

沼 荷

2021年3月6日

于北京广泉耕耘斋

图书在版编目（CIP）数据

荷风细语 / 沼荷著. -- 北京：海豚出版社，2021.10
 ISBN 978-7-5110-5772-3

Ⅰ. ①荷… Ⅱ. ①沼… Ⅲ. ①随笔－作品集－中国－当代 Ⅳ. ① I267.1

中国版本图书馆 CIP 数据核字 (2021) 第 177456 号

荷风细语
沼　荷　著

出 版 人：王　磊
责任编辑：王　水　张　镛
装帧设计：徐　超
排版设计：九章文化
责任印制：于浩杰　蔡　丽
法律顾问：中咨律师事务所　殷斌律师

出　　版：海豚出版社
地　　址：北京市西城区百万庄大街24号　邮　编：100037
电　　话：010-68325006（销售）　010-68996147（总编室）
印　　刷：中煤（北京）印务有限公司
经　　销：新华书店及网络书店
开　　本：710mm×1000mm　1/16
印　　张：18
字　　数：198千
版　　次：2021年10月第1版　2021年10月第1次印刷
标准书号：ISBN 978-7-5110-5772-3
定　　价：68.00元

版权所有，翻印必究；未经许可，不得转载